光文社古典新訳文庫

初恋

トゥルゲーネフ

沼野恭子訳

kobunsha classics

光文社

Title : ПЕРВАЯ ЛЮБОВЬ

Author : И. С. Тургенев
1860

目次

初恋

P・V・アンネンコフに捧げる

ほかの客はとっくに帰ってしまっていた。真夜中の零時半を知らせる時計の音が響いた。部屋に残っているのは、この家の主人と、セルゲイ・ニコラエヴィチ、それにウラジーミル・ペトローヴィチの三人だけである。

主人が呼び鈴を鳴らし、夜食の後片付けをするよう言いつけた。

「さてと、こういうことでしたね」主人はそう言いながら、肘掛け椅子に深くすわりなおし、葉巻に火をつけた。「自分の初恋がどんなだったか、ひとりずつ話す、と。まずはセルゲイ・ニコラエヴィチさんから口火を切ってくださいよ」

そう言われたのは、ころころと太った、金髪、丸顔の男で、はじめは主人の顔を見ていたが、それから目を天井に向けた。

「初恋なんてありませんでした」男はしばらくしてから、ようやく切りだした。「はなから第二の恋でした」

「それは、どういうことですか」

「いや、たいしたことじゃありません。一八のときですか、すごく可愛《かわい》いお嬢さんに初めて言い寄ったのは。けっこうちやほやしましたけれど、こんなことは手慣れたものだといった態度で振る舞いました。その後も、同じような感じで何人かとつきあいました。じつを言うと、六歳のころ、乳母《うば》に最初で最後の恋をしたんです。でも、それは大昔のこと。乳母とのあいだがどんなだったかなんて、細かいことはもう忘れてしまいましたし、たとえ覚えていたにしても、そんな話、面白いもんですか」

「それは困りました」今度は主人が話しだした。「私の初恋にしたって、あまり面白くありません。今の家内に出会うまで、だれにも恋らしい恋をしたことがなかったんです。しかも家内とは、一から十までとんとん拍子に運びました。父親同士が引き合わせてくれると、たちまち惹《ひ》かれあって、さっさと結婚しました。おしまい。というわけで、私の初恋物語は、ひと言で片付いてしまうんです。何を隠そう、初恋の件を持ちだしたのは、お二方に期待してのことだったんですよ。おふたりとも、年をとっているとは言えないけれど、さりとてお若いわけでもない。それなのに独身ですからね。ウラジーミル・ペトローヴィチさんなら、何か面白い話をしてくださるでしょうね」

「たしかに私の初恋は、ありきたりのものとは言えませんが」少し口ごもりながら答えたウラジーミル・ペトローヴィチは、四〇歳前後で、黒い髪のところどころに白いものが交じっている。

「ああ！」主人とセルゲイ・ニコラエヴィチが声をそろえて言った。「かえってそのほうがいい。ぜひ聞かせてください」

「承知しました……。いや、そうですね。やはりお話しするのはやめておきます。口下手なので、短くて味気ない話になるか、だらだら長い作り物めいた話になるのが関の山です。でも、なんでしたら、思いだせる限りノートに書いてきますよ。それを読んでお聞かせするというのはどうでしょう」

他のふたりははじめ、なかなか首を縦に振らなかったが、結局はウラジーミル・ペトローヴィチの言うとおりになった。二週間後、ふたたび三人で集まったとき、ウラジーミル・ペトローヴィチは約束を果たした。

以下が、ノートに書かれていたことである。

1

当時、私は一六歳でした。一八三三年の夏のことです。

両親が、モスクワのカルーガ門の近く、ネスクーシヌィ公園のむかいに別荘《ダーチャ》を借りていて、私もそこで過ごしていました。大学受験の準備をしていることになっていましたが、ろくに勉強もせず、のんびりしたものでした。

気ままな生活に口出ししてくる人もいないので、好きなことばかりしていました。とりわけ、あるフランス人を最後に家庭教師と縁を切ってからは、なんでもしたい放題。その家庭教師は、自分が「爆弾みたいに」ロシアに落とされたと考えてはぞっとするらしく、ものすごい形相で何日もベッドでのたうっていたものです。

父は私に冷たいときもあれば、優しいときもありました。ほかに子供もいないのに、母は私のことなどほとんどほったらかしです。というより、心配事がいろいろあって息子どころではなかったのでしょう。父はまだ若く、とびきり美男子で、財産目当てで結婚した男です。母のほうが一〇歳も年上でした。母の毎日はみじめなもので、しょっちゅう心配したり、やきもちを焼いたり、腹を立てたりしていました。もっとも、それは父のいないところでの話です。父をとても怖がっていましたから。父のほうは、一貫して厳しく、冷たく、よそよそしい態度をとっていました。父ほど優雅に落ちつきはらい、自信過剰で独善的な人間は、見たことがありません。

別荘で過ごした最初の数週間のことは、ぜったいに忘れられません。すばらしい天気に恵まれ、五月九日、ちょうど聖ニコラの日に、モスクワ市内から住まいを移しました。

よく外に出ては、別荘の庭やネスクーシヌィ公園を歩きまわり、カルーガ門のむこうまで足を伸ばしました。たいてい何か本を一冊手にして――たとえばカイダーノフの歴史の教科書を持って出ましたが、開くことはめったになく、それより声に出して詩を朗読するほうが好きでした。あのころは詩をかなりたくさん覚えていたのです。体のなかで血が沸きたち、胸が疼《うず》いて、どうしようもなく嬉しいような可笑《おか》しいような気分でした。

しじゅう怯《おび》えながらも何かが起きるのではないかと待ちかまえ、何を見ても驚いてばかりいるくせに、体じゅうが手ぐすね引いて待っているといった感じなのです。思いをめぐらすと、まるで夜明けにイワツバメが鐘楼のまわりを飛びまわるように、いつも同じイメージのまわりを空想がぐるぐる勢いよく駆けめぐりました。物思いにふけり、憂鬱になり、涙があふれることもありましたが、歌のように響く詩句やあまりに美しい夕暮れに心動かされて流す涙や哀愁のあいまから、わきたつような若々しい生の喜びが、春の若葉のように萌えだしてくるのでした。

私は乗馬用の馬を一頭持っていて、自分で鞍《くら》を置き、ひとりで遠出をすることがありました。ギャロップで馬を走らせながら、自分のことを、中世の馬上試合に出場する騎士に見立てたり（耳に吹きつける風が、なんと楽しげだったことでしょう！）、あるいは空を仰ぎ、胸をいっぱいに開いて、きらきら輝く日の光と瑠璃《るり》の色合いを受け止めたりしたものです。

今でも覚えていますが、このころ、女性の姿や女性との恋の幻影が、具体的な形をとって心に浮かんだことはまずありませんでした。とはいえ、何を思っても、何を感じても、自分でさほど意識していないのに、遠慮がちな予感のようなものがひそんでいて、なんとも言いようのないほど甘くてみずみずしく女性的なものを感じさせるのでした。

体じゅうに、こうした予感、何かを期待する気持ちがあふれ、息をするたびにそれが感じられるばかりか、血の一滴一滴に混じって血管を駆けめぐっているような気がしていましたが、その予感はすぐに現実のものとなる定めだったのです。

わが家の別荘は、円柱のある木造の地主館のほかに、屋根の低い小さな離れがふたつあって、そのうち左手にある離れは、安物の壁紙を作るちっぽけな工場になっていました。何度かその工場を見に行きましたが、中を覗《のぞ》くと、体は痩せ細り髪はくしゃくしゃ、疲れた顔の少年たちが十人ほど、薄汚れた作業着姿で働いていました。ひ弱そうな少年たちが木製の取っ手に乗ると、体の重みで取っ手が圧搾機の四角い台木を押しつけ、壁紙にまだら模様が印刷される仕組みでした。右手の離れは空き家で、貸しに出されていました。

ある日、五月九日から数えて三週間ほど経った日でしょうか、この離れの、それまで閉まっていた窓の鎧戸《よろいど》が開き、窓辺に女性の顔が見えました。どこかの家族が引っ越してきたのだろうと思いました。覚えているのは、ちょうどこの日、食事のとき母が執事に、隣に引っ越してきた方たちは何という名前なの、と尋ねたことです。ザセーキナ公爵夫人という苗字を耳にすると、母ははじめ、いくらか敬意のこもったような声で「まあ！　公爵夫人」とつぶやきましたが、その後こうつけ加えました。

「どうせ貧乏貴族でしょうけれど」

「辻馬車三台でおいでになりました」執事が、うやうやしく料理を取り分けながら言いました。「自家用の馬車はお持ちでないようで。家具もごくみすぼらしいものでございます」

「そう、それでもましなほうよ」と母は答えました。

父が冷ややかに母を見やったので、母はそれきり口をつぐみました。

じっさい、ザセーキナ公爵夫人が金持ちであるはずはありませんでした。というのも、夫人の借りた離れは、かなり古びていて、狭苦しく、天井が低いので、少しでもゆとりのある人なら、こんなところに住む気にはならないにちがいないからです。もっとも、当時の私は、こういった話にはたいして興味をそそられませんでしたし、公爵と言われても、あまりぴんときませんでした。少し前にシラーの戯曲『群盗』を読んだばかりでしたから。

2

夕方になると、銃を手に庭をうろつき、カラスを追い払うのが私の日課でした。この用心深く獰猛《どうもう》で悪賢い鳥を、昔から憎らしく思っていたのです。いまお話ししたその日も、やはり庭に出て並木道をくまなく歩きまわりましたが、なんの成果もなく（カラスは私の姿を見分けられるらしく、遠くから切れ切れにカアカア鳴くばかり）、そのうち私は、たまたま低い垣根のほうに近づいていきました。その垣根というのは、右手の離れの領分である細長い庭と、私たち家族の母屋《おもや》の庭とを隔てる境界線になっていました。うつむき加減で歩いていると、不意に人の声が聞こえてきたので、垣根越しに目をやった私は、思わず立ちすくんでしまいました。奇妙な光景が目に飛びこんできたからです。

私のいる場所から数歩しか離れていないあたりが、緑のキイチゴの茂みに囲まれた空き地になっているのですが、そこに背が高くスタイルのいい女の人が立っています。ピンクの縞模様のドレスを着て、頭に白いスカーフをしています。まわりを青年四人に取り囲まれたその人は、小さな灰色の花束で、男たちの額をひとりひとり順番に叩いているではありませんか。名前はわかりませんが、子供ならだれでも見たことのある花で、花の部分が小さな袋になっていて、それで何か硬いものを叩くとぽんとはじけるというものです。

青年たちは、さも嬉しそうに額をさしだしていますが、女の人のしぐさには(私は横から見ていたわけですが)、どことなく魅力的で、人に有無《うむ》を言わせないような、やさしく慈《いつく》しむような、からかうような、可愛らしいところが見受けられます。

あまりに驚き、あまりに嬉しくなった私は、もう少しで叫びだしそうになりましたが、きっと自分もあの素敵な指でおでこをはじいてもらえるならこの世のすべてをその場で投げだしてもかまわない、などと思ったのではなかったでしょうか。手にしていた銃が草の上に滑り落ちたのも気づかず、何もかも忘れて、そのスタイルのいい体つきや、細い首、美しい両腕、白いスカーフの下でわずかに乱れている金髪、少し細めている賢そうな目、まつ毛、その下のやさしげな頰を、食い入るように見つめました。

「ねえ、君、ちょっと」と、だしぬけに耳元でだれかの声がしました。「人のうちのお嬢さんを、そんなにじろじろ拝んでいいんですか」

私はぎくりとし、呆然としてしまいました。垣根のむこう側ですが、すぐ間近に黒い髪を短く刈った男が立っていて、皮肉な目つきでこちらを見ていたのです。ちょうどこの瞬間、女の人もこちらを振りむきました。表情に富んだ生き生きとした顔に、大きなグレーの瞳。すると急に、その顔全体が小刻みに揺れて笑いだし、白い歯が輝き、眉毛がなんだか面白い具合に持ちあがりました。頭にかっと血がのぼった私は、銃を拾いあげると、甲高い笑い声（悪気はまったく感じられませんでしたけれど）に追われるようにして自分の部屋に駆け戻り、ベッドに身を投げだして、両手で顔をおおいました。心臓がどうしようもなく高鳴っています。とても恥ずかしく、同時に楽しくもあり、それまでに経験したことがないほど気が高ぶっていました。

一息ついてから、髪をとかし、身なりを整えて、お茶を飲みに階下に降りました。先ほどの若い女性の面影が目の前にちらつき、高鳴りはおさまっているものの、胸が締めつけられ、それがかえって妙に心地よく感じられました。

「どうした?」いきなり父に聞かれました。「カラスはしとめたのか」

すっかり父に話してしまおうかとも思いましたが、なんとか自分を抑え、ひとりでにんまりするだけにしました。

寝支度をしながら、自分でもなぜだかわからないまま片足でくるくる三回ほど回転し、髪にたっぷりポマードを塗ってからベッドに入り、一晩じゅうぐっすり死んだように眠りました。明け方にちょっと目を覚まし、顔をあげて、うっとりまわりを見まわし、また寝入りました。

3

どうしたらあの人たちと知り合いになれるだろう、というのが、翌朝目を覚まして真っ先に頭に浮かんだ考えです。お茶を飲む前に庭へ出ましたが、垣根のほうに近づきすぎないように気をつけていたせいか、だれの姿も見かけませんでした。

お茶が終わってから、別荘の前の通りを何度か行ったり来たりして、遠くから窓を眺めていると、カーテンのかげにあの人の顔が見えたような気がしたので、はっとして、あわてて立ち去りました。

「でも、なんとか知り合いにならなくちゃ」ネスクーシヌィ公園の前に広がる砂原をあてどなくさまよっては頭をひねりました。「それにしても、どうやって知り合うか、肝心なのはそれだ」

前の日に出会ったときのことを細かいところまで思い返していると、どういうわけか、とりわけくっきり目に浮かんでくるのは、あの人が私のことを笑った様子です。ところが、私が気をもみ、あれこれ目論んでいるうちに、運命はもうちゃんと私のために心遣いをしてくれていました。

私が外をうろついているあいだに、母が、引っ越してきたばかりの隣の夫人から手紙を受け取っていたのです。灰色の紙に書いてあり、茶褐色の封蠟《ふうろう》がしてありましたが、郵便局の通知書か、安いワインの栓にしか使わないような封蠟です。言葉遣いは間違いだらけ、字も乱暴に書いてありますが、公爵夫人はこの手紙の中で、私の母に、自分を支援してほしいと頼んでいました。

夫人の言葉によれば、母が懇意にしている有力者の中に、夫人自身の将来も子供たちの将来も握っている人たちがいる、それは、自分が今たいへん重要な裁判の渦中にいるからだ、というのです。手紙はこんな按配《あんばい》でした。

「拝敬、貴婦人である貴女様に、貴婦人として手紙を書かさせていただきます。それにしましても、このような奇会を得ることができまして、心からうれしく重います」

云々。そして手紙の最後で、挨拶《あいさつ》に行ってもいいか、と母に伺いをたてていました。

私が家に戻ったとき、母はご機嫌ななめでした。父が留守で、相談相手がいなかったからです。かりにも「貴婦人」でしかも公爵夫人とくれば、返事をしないで放っておくわけにはいきませんが、どう返事をするかというところで母は困っていたのでしょう。

フランス語で手紙を書くのはこの場合ふさわしくないと思ったらしく、そうかといって、ロシア語の綴りは母も苦手で、それが自分でもわかっているだけに面目をつぶしたくなかったのです。

それで母は、私の顔を見るなり、いいところに帰ってきたと喜び、公爵夫人のところに使いに行くよう言いつけました。こう伝えてきてくれというのです――母は、力の及ぶかぎり、いつでも奥様のお役に立ちたいと申しております、今日一二時過ぎにお越しくださるのをお待ちしております、と。

秘かに願っていたことが思いがけない早さでかなうことになって、私は嬉しくもあり、たまげてもいました。でも、自分が動揺していることなどおくびにも出さず、とりあえず自分の部屋に行って、新しいネクタイをつけ、フロックコートを着ることにしました。家ではまだ、折り襟の上着を着ていたのですが、これがいやでたまらなかったのです。

4

離れの玄関は狭くて薄汚く、中に入るとき、全身に思わず震えが走りました。出迎えたのは年寄りの従僕で、髪は真っ白、顔は黒ずんだ銅《あかがね》色、小さな目は豚の目のようで気難しげ、額やこめかみには、私がそれまで一度も目にしたことのないような深い皺《しわ》が刻まれています。従僕は、かじりつくされたニシンの骨を皿に載せて持ったまま、隣の部屋につづくドアを片足でそっと閉めながら、ぶっきらぼうな調子で「何のご用でしょうか」と聞きました。

「ザセーキナ公爵夫人はご在宅ですか」と私が尋ねると、

「ヴォニファーチイ！」ドアのむこうから、ひび割れたような女性の怒鳴り声がしました。

従僕が、何も言わずにぷいと私に背をむけたので、ひどく擦りきれたお仕着せの背中に、赤茶けた紋章入りボタンがひとつしかついていないのが見てとれました。従僕は、皿を床に置いて、行ってしまいました。

「警察署には行ったの？」さきほどと同じ女性の声がして、従僕が何かぼそぼそ答えているようです。「え……だれか来たんですって？」とまた聞こえてきます。「隣の坊っちゃん？　じゃ、お通しして」

「客間にお越しください」従僕が私のところに戻ってきて、床から皿を取りあげて言いました。

私は身をただして、「客間」とやらに入っていきました。

通されたのは、お世辞にも綺麗とは言えない小さな部屋で、みすぼらしい家具も大急ぎでいい加減に並べたといった感じです。窓ぎわに置いてある椅子は、肘掛け部分が片方取れていましたが、その椅子に五〇歳くらいの不器量な女性がすわっていました。頭には何もかぶっておらず、いかにも古そうなグリーンのドレスを着て、派手な梳毛《ウーステッド》の三角巾を首に巻いています。その小さな黒い目が、私を食い入るようにじっと見つめてきました。

そのそばに近づき、お辞儀して尋ねました。

「失礼ですが、ザセーキナ公爵夫人でいらっしゃいますか」

「ええ、ザセーキナ公爵夫人です。あなたは、Vさんのご子息？」

「そうでございます。母の使いで参りました」

「おかけくださいな。ヴォニファーチイ！　私の鍵どこかしら、見かけなかった？」

私は、夫人の手紙に対する母の返事を伝えました。私の言うことを聞きながら、夫人は、太くて赤い指の先で窓枠をコツコツ叩いていましたが、話が終わると、また私の顔にまじまじと見入ります。

「よくわかりました。かならず伺います」ようやく夫人はそう言いました。「それにしても、まだお若いんですのね！　おいくつですか、失礼ですけれど」

「一六歳です」と答えるのに、われ知らず口ごもってしまいました。

夫人は、ポケットの中から何かびっしり書きこんである汚れた紙を数枚取りだすと、鼻先に持っていって、調べにかかりました。

「羨《うらや》ましいお年ごろですわね」夫人はいきなりそう言うと、椅子にすわったまま体の向きを変えたり、落ちつきなくもぞもぞ動いたりしました。「どうぞ、気兼ねなくくつろいでください。わが家は気取ったりしませんから」

私は「気取らなすぎじゃないか」と思い、嫌悪の情を抑えることもできずに、夫人のみっともない容姿を上から下までじろじろ見てしまいました。

このとき、客間のもうひとつのドアがぱっと開いて、前の日に庭で見かけたあの人が、戸口に姿をあらわし、片手を上にあげたのです。その顔に薄笑いがよぎりました。「うちの娘です」夫人が肘で娘を指して言いました。「ジーナ、お隣のVさんの息子さんよ。失礼ですけれど、お名前は何ておっしゃるんですか?」

「ウラジーミルです」私は立ちあがりざま、興奮のあまりしどろもどろで答えました。

「父称のほうは?」

「ペトローヴィチです」

「そうでしたの! 知り合いに警察署長さんがいますけれど、やはりウラジーミル・ペトローヴィチっておっしゃいますよ。ヴォニファーチイ! 鍵はもう探さなくていいわ、私のポケットにあったから」

令嬢のほうは、先ほどと同じ薄笑いを浮かべ、わずかに目を細め、首をほんの少し横にかしげて、じっと私を見ています。

「こちらのムッシュー・ヴォルデマールには、もうお会いしたわ」令嬢はそう切りだしました（銀の鈴を振るようなその声が、何か甘く冷たいものとなって私の体じゅうを駆け抜けました）。「そうお呼びしてもいいかしら？」

「どうか、そうなさってください」私はへどもどしながら答えました。

「どこでお会いしたの？」と公爵夫人が尋ねましたが、令嬢は答えようとせず、「今お忙しい？」と、私から目を逸《そ》らさずに聞きました。

「少しも忙しくございません」

「よかったら、毛糸をほどくの、手伝ってくださらない？　こちらにいらして、私の部屋に行きましょう」

そう言って、私に軽く会釈すると、客間を出て行きます。私はその後を追いました。入っていった部屋は、家具調度もいくらかまともで、ずっと趣味よく並べられています。とはいえ、このときの私はほとんど何も目にとめる余裕はありませんでした。まるでふわふわと夢の中を歩いているようで、なんだか馬鹿らしいほど気を張りつめながら全身全霊で幸福を感じていたのです。

令嬢は、腰をおろして赤い毛糸の束を取りだすと、自分の前にある椅子にすわるよう私を促《うなが》し、一生懸命毛糸の束をほどいては私の両手にかけていきます。そうするあいだ一言もしゃべらず、おかしなほどゆっくり振る舞っていましたが、軽く開いた唇には相変わらずほがらかでいたずらっぽい笑いを浮かべています。それから、ふたつに折り曲げたトランプの札に毛糸を巻きつけだしたと思ったら、不意に澄んだまなざしを素早く投げてよこしたのですが、それがあまりにまぶしくて、思わず目を伏せてしまいました。彼女はたいてい目を少し細めているのですが、いっぱいに見開くと、顔そのものが一変して、顔じゅうに光が降りそそいでいるようになるのです。

「昨日、私のことどうお思いになった、ムッシュー・ヴォルデマール?」しばらくして聞かれました。「きっと、悪い女だとお思いになったんじゃないかしら」

「僕は……お嬢様……僕は何も思いませんでした……どうして僕なんかが……」私はどぎまぎしながら答えました。

「あのね」彼女はぴしゃりとはねのけるように言いました。「まだご存じないでしょうけれど、私、とても変わってるの。私にはいつも本当のことを言っていただきたいの。さっきお聞きしたけれど、あなた一六なんですってね、私は二一。ほらね、私のほうがずっと年上でしょう。だから、私にはいつも本当のことしか言ってはいけないの……それから、私の言うことはなんでも聞いてくださいね」と付け加えました。

「私の顔を見てごらんなさい。どうして私のほうを見てくださらないの」

ますますうろたえましたが、ともかく目をあげて相手を見ると、令嬢はにっこりしました。それはさきほどまでの薄笑いとはちがって、人を励ますようなほほえみでした。

「私を見つめてちょうだい」やさしく声をひそめて言います。「見られてもちっとも嫌じゃないの。あなたの顔、好きよ。私たち、いいお友達になれそうな気がするけれど、あなたは私のこと好きかしら?」と、いたずらっぽく付け足しました。

「お嬢様……」と言いかけたところを、さえぎられました。

「まず第一に、私のことはジナイーダさんって呼んでくださらない。第二に、子供なのに(と言ってから、ジナイーダは言い直しました)、まだ若いのに、心に感じたことをそのまま正直に言わないなんて、とっても悪い癖よ。大人なら仕方がないけれど。だって、あなた、私のこと好きなんでしょう?」

ジナイーダがこれほどあけすけに話をしてくれるというのはとても嬉しかったのですが、それでも、さすがに少しむっときました。子供扱いされては困るということをなんとかわかってもらおうと思い、できるだけ打ち解けた、それでいて真面目な顔をして言いました。

「もちろん、とても好きです、ジナイーダさん。べつに隠すつもりもありません」

ジナイーダはゆっくり首を振りました。

「家庭教師はいらっしゃるの？」とつぜん別のことを尋ねられました。

「いいえ、だいぶ前から家庭教師はいません」

こう答えましたが、じつは嘘です。例のフランス人がやめていってから、まだひと月も経っていませんでしたから。

「まあ！　どうりで。もうすっかり大人なのね」

ジナイーダは私の指を軽くはじきました。

「手をまっすぐにしていてくださらない」そう言うなり、せっせと糸巻きに励みだしました。

ジナイーダが目をあげないのをこれ幸いと観察することにした私は、はじめのうちこそこっそり盗み見る程度でしたが、やがてだんだん大胆に図々しくなっていきました。ジナイーダの顔は、前日よりさらにいっそう魅惑的に見えました。顔立ちのどれをとっても、じつに繊細で、利口そうで、可愛らしい。白いカーテンのかかった窓に背を向けてすわっているので、カーテンを透かして射しこむ日ざしが、ふさふさした金色の髪や、あどけない首筋や、ゆるやかななで肩や、やさしく静かに息づいている胸のあたりに柔らかい光を浴びせかけています。

つくづく眺めているうちに、だんだんジナイーダがこの上なく大事な親しい人のように思えてきました！　ずっと前からジナイーダのことを知っているような気がし、彼女と知り合う前の自分は何もわからず、何の生き甲斐も持っていなかったように思えてきたのです。ジナイーダの着ている地味な色の着古したドレスやエプロン。その襞《ひだ》という襞を片っ端から撫《な》でさすりたいと思いました。ドレスの裾《すそ》から顔を出している靴の先端。その靴に跪《ひざまず》いて崇《あが》めたいと思ったほどです。

私はこんなふうに考えました。今、ほんとうにあの人の目の前にいるんだ、とうとう知り合いになれた。ああ、なんて幸せなんだろう！　あまりに嬉しくて有頂天になった私は、あやうく椅子からずり落ちそうになりましたが、なんとかこらえて、美味しいものを食べたときの子供のように足を少しばたつかせただけでとどめました。

水の中にいる魚のように心地よかったので、一生この部屋から出ていきたくない、この場を動きたくない、と思いました。

ジナイーダのまぶたがそっと持ちあがり、その明るい瞳が私の前でふたたびやさしく輝きだしたと思ったら、彼女はまた薄笑いをしていました。

「そんなに私のことばかり見つめて」ゆっくりそう言うと、人差し指で人を脅すしぐさをします。

私は顔が赤くなりました。この人にはなんでもわかる、なんでもお見通しなんだ、という思いが頭をかすめました。この人にはきっと、わからないこともなければ、見通せないこともないんだ!

とつぜん隣の部屋で何かこつこつと音がして、サーベルの鳴る音が聞こえてきました。

「ジーナ!」客間から公爵夫人の呼ぶ声がします。「ベロヴゾーロフさんが子猫を持ってきてくださったよ」

「子猫!」ジナイーダはそう叫ぶと、勢いよく椅子から立ちあがり、毛糸の玉を私の膝の上に放りだして、駆けていきました。

私も立ちあがり、手にしていた毛糸の束と膝に載せられた毛糸の玉を窓辺に置いて、客間に行ったのですが、あっけにとられて立ち止まりました。部屋の真ん中に、トラ猫の子が足を広げて寝そべっており、ジナイーダがその前に膝をついて、注意深くその小さな顔を持ちあげているのです。公爵夫人のそばには、窓と窓のあいだの壁をほとんど全部ふさぐようにして立っている金髪で縮れ毛の男の姿がありました。血色のいい、どんぐり眼《まなこ》の軽騎兵です。

「なんて可笑《おか》しな子猫なの！」とジナイーダが何度も同じことを言っています。「目も灰色じゃなくて緑色をしているし、耳もこんなに大きくて。どうもありがとう、ベロヴゾーロフさん！　本当におやさしいのね」

この軽騎兵が前日見かけた青年のひとりだということに気づきました。ベロヴゾーロフはにっこり笑って一礼し、ついでに拍車も打ち鳴らし、サーベルの輪もがちゃんといわせました。

「昨日、耳の大きなトラ猫の子が飼いたいとおっしゃっておられましたので。それで、こうして手に入れてまいりました。お言葉には絶対服従ですから」そう言って、ベロヴゾーロフはまた一礼しました。

子猫は弱々しい声で鳴き、床を嗅《か》ぎはじめました。

「おなかがすいているのね！」とジナイーダが叫びました。「ヴォニファーチイ！　ソーニャ！　ミルクを持ってきて」

古そうな黄色い服を着て、色あせたネッカチーフを首に巻いた小間使いが、ミルクの入った小皿を手にしてやってきて、子猫の目の前に置いてやると、子猫はびくっと体を震わせ、目を細めて、ミルクを舐《な》めだしました。

「なんて可愛らしいピンクの舌なの」そう言うジナイーダは、頭を床につけんばかりにして身をかがめ、横から子猫の口元を覗きこんでいます。

おなかがいっぱいになった子猫は、ごろごろ喉《のど》を鳴らし、気取った様子で前足をかわるがわる踏みしめます。ジナイーダは立ちあがり、小間使いのほうを振りむくと、そっけなく言いました。

「むこうに連れてって」

「子猫の褒美《ほうび》にお手を拝借」軽騎兵は歯を見せて笑いながら、たくましい体を思いきり反りかえらせました。真新しい軍服が体をぴったり包んでいます。

「両方よ」ジナイーダは逆らうように言って、両手を差し出しました。そしてベロヴゾーロフにキスされているあいだ、肩越しに私を見ていました。

私は、身じろぎもせずその場に立ちつくしたまま、どうしていいかわからずにいました——笑うべきなのか、何か言うべきなのか、それともそのまま押し黙っているべきなのか。するとそのとき、開けっ放しになっている玄関ドアのむこうに、ひょっこりわが家の召使いフョードルの姿があらわれたのが目にとまりました。合図を送ってくるので、自然とそちらに出ていきました。

「どうしたの」

「奥様が迎えにあがるようにと仰《おお》せで」フョードルは小声で囁《ささや》きます。「なかなか返事を持ってお帰りにならないので、たいへん怒っていらっしゃいますよ」

「そんなに長居してるかな」

「こちらにいらして一時間あまりになります」

「一時間あまり！」私は思わず鸚鵡《おうむ》返《がえ》しに言い、客間に取ってかえすと、両足の踵《かかと》を打ち鳴らして別れのお辞儀をしました。

「どこにいらっしゃるの？」軽騎兵のかげに隠れていたジナイーダが、顔を覗かせて聞きます。

「そろそろ家に戻らないといけないものですから」と答え、今度は老公爵夫人にむかって言い添えました。「それでは、一時過ぎにお越しいただけると、母に申し伝えます」

「そうお伝えくださいな」

夫人はそう言うと、せかせかタバコ入れを取り出し、ものすごい音を立てて嗅ぎタバコを嗅ぎだしたので、私はぎょっとして身震いしたほどです。

「そうお伝えください」と夫人はまた繰り返し、涙でうるんだ目をしばたたいたり、喉から変な声をもらしたりしました。

私はもう一度お辞儀をしてから、くるりと向きを変えて部屋を出ましたが、背中のあたりにどうしようもないきまり悪さを感じました。だれしもごく若いころは、自分がうしろから見られていると思うと、こんな感じを抱くものではないでしょうか。

「いいこと、ムッシュー・ヴォルデマール、遊びにいらしてくださいね」ジナイーダは、大きな声でそう言うと、また笑いだしました。

どうしてあの人はあんなに笑ってばかりいるんだろう、と、帰りしな不思議に思いました。フョードルは一言も口をきかず、咎《とが》めるような態度で私のうしろからついてきます。家では母が、公爵夫人のところでこんなに長いこといったい何をしていたの、とあきれ顔で小言を言ってきましたが、私は何も答えずに自分の部屋に戻りました。急に悲しくてしようがなくなり、泣きださないよう懸命にこらえました。ベロヴゾーロフに嫉妬していたのです。

5

公爵夫人は約束どおり母を訪ねてきましたが、母は夫人に反感を覚えたようです。私はふたりが会って話しているとき、そこに居合わせなかったのですが、食事の席で母が父に、こんなふうに話しているのを耳にしました――あのザセーキナ公爵夫人という人は、*une femme très vulgaire*（ひどく俗悪な女）だと思う。セルギイ公爵に自分のことをとりなしてほしいと、あんまりしつこく頼むものだからいい加減うんざりしてしまった。ひっきりなしに訴訟やもめ事に巻きこまれていて、しかも *des vilaines affaires d'argent*（忌まわしい金銭問題）ばかり。よっぽど裁判の好きなうるさ型にちがいない。そう言いつつ母は、明日お嬢様と一緒に食事に来てくれるよう誘っておいた、と付け加えたのです（「お嬢様と一緒に」という言葉を聞いて、私は鼻を皿に突っこんでしまいました）。母に言わせると、なんのかのといっても隣どうしなんだし、名の通った人だから、ということです。それに対して父が、そういえば公爵夫人がどういう人だか思いだした、と母に話しだしました――自分は若いころ、今は亡きザセーキン公爵を知っていた。育ちはすばらしくいいが、中身のない、くだらない男で、パリに長らく住んでいたため、仲間うちでは「パリっ子」と呼ばれていた。大金持ちだったが、賭けに負けて全財産を失い、どうしたわけか、たぶん金が目当てだったのだろう、それならそれでもっといい相手を選んだってよさそうなものだが、下級官吏の娘と結婚した（父はこう言って冷ややかに笑いました）。で、結婚したあと今度は投機に手を染め、ついに破産してしまったそうだ、と言い添えました。

「お金を貸してくれなんて言いださなければいいんだけれど」と母が言いました。

「それは、おおいにあり得るよ」父は平然と言ってのけます。「夫人はフランス語が話せるのか」

「とても下手」

「ふむ。まあ、それはどうでもいいけれど。さっき、お嬢さんも一緒に呼んだって言っていたが、だれかが、娘はとても可愛くて教養のある子だと力説していたよ」

「まあ！　ということは、母親に似なかったのね」

「父親にも似なかったわけだ。父親も、教養はあったが頭が悪かったからね」

母は溜め息をついて考えこんでしまいました。父も口をつぐみました。このやり取りが続いているあいだじゅう、私はひどく気まずい思いをしていました。

食事が終わってから庭に出ましたが、この日は、銃を持っていきませんでした。「ザセーキン家の庭」には近づかないことにしようと自分で決めたつもりだったのに、逆らいようのない力にあやつられ、ふらふらとそちらに歩いていくと――行っただけのことがありました。垣根のそばまで行きつかないうちに、ジナイーダの姿が目に入ったのです。このときはひとりでした。本を手にして読みながら、小道をゆっくり歩いていきます。私には気づいていないようです。

もう少しで通りすぎてしまうというところで私ははっとして咳払《せきばら》いをしました。

ジナイーダは振りむきましたが、立ち止まることもなく、丸い麦藁《むぎわら》帽子についている水色の太いリボンを片手で払うと、私のほうを見てにっこりほほえんだだけで、また目を本に向けてしまいました。

私はひさしつきの帽子を脱いで、しばらくその場ですることもなく思い迷っていましたが、憂鬱な気持ちで立ち去りました。僕はあの人にとって何なんだろう、と（なぜだかわかりませんが）フランス語で考えました。

背後で、聞きおぼえのある足音がすると思って振りむくと、いつもの軽やかなきびきびした足取りで父がやってくるところです。

「あれが公爵令嬢か」と父に聞かれました。

「そうです」

「おまえ、知ってるのか」

「今朝、公爵夫人のところで会ったんです」

父は立ち止まり、さっと踵《きびす》を返すと、今来たほうに取ってかえし、ジナイーダと肩を並べるところまで追いついて、丁寧にお辞儀をしました。ジナイーダも同じように会釈を返しましたが、少し驚いたような表情で本を下におろしました。

そのあと、ジナイーダが父のうしろ姿をじっと見送っているのが見えました。父はいつも優雅に、あっさり、父ならではの雰囲気で洋服を着こなしていましたが、このときほどその姿がりりしく見えたことはありませんでしたし、このときほどグレーの帽子が、いくらか薄くなりかけた巻き毛に似合って素敵だと思ったこともありませんでした。

私はジナイーダのほうに行こうかと思いましたが、彼女はこちらを見ようともせず、また本を読みながら行ってしまいました。

6

その日は一晩じゅう、翌朝もずっと、口もききたくないような落ちこんだ気分で過ごしました。勉強でもしてみようと気を取りなおし、カイダーノフの有名な教科書を読もうとするのですが、文字と文字のあいだに余裕のある組み方をした行もページも目の前にちらつくばかりで、ちっとも頭に入りません。「ジュリアス・シーザーは武芸に秀でていた」という箇所をつづけざまに十回も読んだのにまったく理解できないので、とうとう投げだしてしまいました。食事の時間が近づいてきたので、また髪にたっぷりポマードを塗り、またフロックコートとネクタイを身につけました。

「いったいどういうつもり?」と母に聞かれました。「まだ大学生でもないし、試験に受かるかどうかもわからない身なのよ。それに上着、ついこのあいだ仕立てたばかりでしょう。捨てたらもったいないですからね!」

「今日はお客さんが来るんでしょう」私はやけっぱち気味に囁きました。

「なに馬鹿なこと言ってるの!　お客のうちに入りませんよ!」

あきらめて、言うことを聞くしかありません。しかたなくフロックコートを上着に替えましたが、ネクタイははずしませんでした。

公爵夫人と令嬢がやってきたのは、食事の三〇分ほど前でした。老夫人が身につけていたのは、前日私が目にしたのと同じグリーンのドレスで、その上に黄色いショールをはおり、火のように赤いリボンのついた流行おくれの室内帽をかぶっています。

挨拶もそこそこに、手形がどうのこうのと話しだし、溜め息をついては、自分の貧しい境遇について愚痴《ぐち》をこぼし、遠慮も礼儀もかまわずしつこく「無心」してきます。自分のうちにいるのと同じように、我が物顔で騒々しくタバコを嗅ぎ、やはり我が物顔で椅子にすわったまま体の向きを変えたり落ちつきなく動いたり。自分が公爵夫人だということなど、まったく忘れているみたいです。それにひきかえジナイーダのほうは、高慢とも思えるほどの厳《いか》めしい態度で、いかにも公爵令嬢らしく振る舞っています。顔の表情は冷たく、にこりともせず、もったいぶった感じなので、別人かと見まがうほどです。あのまなざしも、あのほほえみも見当たりませんが、こんな初めて見る新しい側面も、私にはやはり素晴らしく思えました。身にまとっているのは、ライトブルーの花模様のふんわりした薄いドレスで、髪はイギリス風に、両頰のあたりで巻き毛が垂れるようにしてあり、この髪型が冷ややかな顔つきによく似合っています。

食卓では父がジナイーダの隣にすわり、いつもながらの優雅な落ちつきはらった態度で、丁重にジナイーダの相手をしていました。ときおり父がジナイーダの顔をちらと見る――ジナイーダもときおり父のほうを見返すのですが、そのまなざしはなんとも奇妙で、憎々しげと言ってもいいほどでした。ふたりの会話はフランス語で交わされましたが、ジナイーダの発音があまりに綺麗なので驚いたことを覚えています。

公爵夫人は、食事のあいだも相変わらず自分勝手で、やたらに食べては料理を褒《ほ》めそやしています。母は見るからに夫人のことを煙たがっており、なんとも気が重そうな様子をして見下すように生返事をするものですから、父がときどきかすかに眉をひそめていました。ジナイーダのことも母は気に入りませんでした。

「なんだかつんけんした子ね」翌日そう母は言いました。「だけどあきれるじゃない、なにもお高くとまらなくてもいいのに。*Avec sa mine de grisette !*（はすっぱな女《グリゼット》みたいな格好をしているくせに）」

「グリゼットと言うが、そういう女たちを見たことはないだろう」父が痛いところを突きました。

「ありがたいことにね！」

「もちろん、ありがたいことさ。でもそれなら、どうして連中のことをとやかく言えるんだ」

結局ジナイーダは、食事の最初から最後まで、私に一度として注意を向けようとしませんでした。食事が終わるとすぐに、夫人は別れの挨拶を始めました。

「今後とも、奥様、ご主人様のお力添えをいただけますよう、よろしくお願いいたします」夫人は私の両親に、歌うような調子で言いました。「しかたありませんよ！　いい時もありましたけれど、今は昔の話になってしまいました。たしかに私は公爵夫人ですけれど」夫人は感じの悪い笑い声を立てて言いました。「食べていけなくては、名誉もなにもあったものじゃありませんからね」

父は夫人にうやうやしく一礼すると、玄関ドアのところまで送っていきました。私は、寸詰まりの上着を気にしながらその場に立ち尽くし、死刑宣告を受けたようにじっと床を見つめていました。ジナイーダの仕打ちに、どうしようもなく打ちのめされていたのです。それだけに、私のそばを通りかかったジナイーダが、前のやさしい表情を目に浮かべて早口で囁いたとき、言いようもないほど驚いてしまいました。

「八時にうちに来てくださらない。いいこと、きっといらしてね」

あまりに思いがけなくて両手を広げたのも束の間、ジナイーダは白いスカーフを頭にかぶって行ってしまいました。

7

きっかり八時、フロックコートに身を包み、前髪を高くかきあげた髪型で、私は、公爵夫人の住む離れの玄関に入りました。年寄りの従僕が、不機嫌そうな目でこちらを睨《にら》み、作りつけの長椅子からしぶしぶ腰をあげました。客間から楽しそうな声が聞こえてきます。ドアを開けるなり、私はびっくりして後ずさりました。部屋の真ん中に椅子が置かれ、その上に男物の帽子を手にしたジナイーダが立ち、椅子のまわりを男が五人で取りまいて、われ先にと帽子に手を突っこもうとしているのです。ジナイーダは帽子を高く差しあげて、力いっぱい振っていましたが、私の姿を見つけると、大きな声でこう言いました。

「待って、待ってくださいな！　新しいお客様よ、この人にも、くじ札をあげなくちゃ」ジナイーダは軽やかに椅子から飛びおりると、私のフロックコートの袖口《そでぐち》をつかみました。

「さあ、いらっしゃいな。なにを突っ立っているの。みなさん、ご紹介させていただきます、こちらはムッシュー・ヴォルデマール、お隣のご子息です」そして今度は私にむかって、ひとりずつ順番に客を紹介していきます。「こちらは、伯爵のマレフスキーさん、お医者のルーシンさん、詩人のマイダーノフさん、退役大尉のニルマツキーさん、それから軽騎兵のベロヴゾーロフさんにはもうお会いになったわね。どうぞよろしくお願いしますね」

　私はあまりにまごついていたので、だれにもお辞儀をしなかったほどです。それでも、浅黒い医者のルーシンが、あのとき庭で容赦なく私に恥をかかせた張本人だということはわかりましたが、あとの人たちには見覚えがありません。

「伯爵！」とジナイーダが続けます。「ムッシュー・ヴォルデマールにくじ札を書いてあげてくださらない」

「それは不公平ですよ」軽いポーランド訛《なま》りのある話し方で異を唱えた伯爵は、しゃれた身なりをした黒髪のたいへんな美男子です。表情豊かな栗色の目、白くて細い鼻、小さな口に薄い口髭。「こちらの方は、罰金遊びに加わっていませんからね」

「たしかに不公平です」退役大尉と紹介された男とベロヴゾーロフが、ふたりで口をそろえて繰り返しました。退役大尉は四〇歳前後で、醜いほどのあばた面をしており、黒人のような縮れ毛、猫背、がに股で、肩章のない軍服のボタンをはずして着ています。

「札を書いてって言ってるんです」ジナイーダがもう一度言いました。「反乱でも起こそうっていうおつもり？　ムッシュー・ヴォルデマールは初めてなんですから、今日はこの人だけ特別です。つべこべ言ってないで、書いてあげて。私がそうしたいんですから」

伯爵は肩をすくめましたが、素直に頭をさげ、宝石つきの指輪をいくつもはめた白い手でペンを握ると、紙きれをちぎって、そこに何か書きこみました。

「それでは、せめてヴォルデマールさんに、いったい何のことを言っているのか、説明させていただきましょうか」ルーシンが、からかうような声で切りだしました。「そうでないと、ほら、すっかり困っていらっしゃる。じつはね、僕たち今、罰金ゲームというのをしているんですが、ご令嬢が罰金を払う番になってね。そこで、幸運のくじ札を引いた人が、ご令嬢の手にキスする権利を与えられることになったんですよ。今言ったこと、わかりましたか？」

　私はルーシンの顔を見ましたが、まだぼんやり立ち尽くしたままでした。そうこうするうちに、ジナイーダはふたたび椅子の上に飛び乗り、また帽子を振りだしました。みんながジナイーダのほうに手を伸ばしたので、私も他の人たちの後ろから同じようにしました。

「マイダーノフさん」とジナイーダが呼びかけた相手は、背が高く、やせ細った顔に、小さな近視の目、黒髪をのばしにのばした青年です。「あなたは詩人だから、心が広くていらっしゃるはずよ。ムッシュー・ヴォルデマールに、あなたの札を譲ってあげたらいいわ、そうしたら、ムッシューはチャンスが一度でなく、二度になるもの」

　でも、そう言われたマイダーノフは、いやですというふうに首を横に振って、長い髪を勢いよく揺らしました。私はだれよりも後から帽子に手を入れて札を取ったのですが、開いてみると……なんということ！　札に「キス」と書いてあるのを見たときの私の気持ちを想像していただけますでしょうか。

「キスだ！」私は思わず大声を出していました。

「ブラボー！　この人が引いたのね」私の言葉をジナイーダが引きとって続けました。「まあ嬉しい！」椅子からおりて、このうえなく明るく心をとろかすような瞳でこちらの目を覗きこむので、私は気が動転しそうになりました。そこへさらに「あなたはどう、嬉しい？」とジナイーダが聞くので、

「僕？」こちらはしどろもどろです。

「その札を売ってください」不意に私のすぐ耳もとで、サーベルをがちゃがちゃいわせながらベロヴゾーロフが言いました。「百ルーブリ出しましょう」

返事をするかわりに、私が怒りに燃えたまなざしで軽騎兵を睨みつけたので、ジナイーダはぱちぱち手を叩き、ルーシンは「よくやった！」と叫びました。

「ところで」ルーシンが続けます。「僕は、儀典係として、すべてが滞《とどこお》りなくおこなわれるよう目を光らせていなければならない立場にあります。さあ、ムッシュー・ヴォルデマール、片方の膝をついてください。そういう決まりになっているんです」

ジナイーダは私の目の前に立って、もっとよく私を見ようとでもいうのか、首を少し横に傾け、厳《おごそ》かに片手を差しだしました。私はくらくらして目の前がかすみ、片膝だけつこうと思っていたのに両膝とも床についてしまい、あげくのはてには、ジナ

イーダの指に唇をあてたのですが、あまりにもぎこちなかったので、爪で鼻の頭をひっかかれてしまいました。

「いいでしょう！」ルーシンが大声で言い、私を助け起こしてくれました。

罰金ゲームはこの後も続きました。ジナイーダは私を隣にすわらせ、次から次へと、それはもういろいろな種類の罰を考えつきます！

ちなみに、ジナイーダ自身が「銅像」になるという罰を受けることになったときは、醜男《ぶおとこ》のニルマッキーを選んで「台座」にすると言いだし、うつぶせになれだの、さらには顔を胸に押し当てて台座らしくしろだのと命じるので、笑い声の絶えるひまもありませんでした。

私は、格式ばった貴族の家に育ち、友達もなくひとりで生真面目な教育を受けてきた少年でしたから、このようなどんちゃん騒ぎ、これほど羽目をはずした奔放とも言えるほどのお祭り気分、初対面の人たちといきなり親しく交流するという初めての経験が重なって、すっかり頭に血がのぼった状態になりました。ワインを飲んで酔ったみたいに興奮してしまったのです。私がだれよりも大きな声で笑ったりしゃべったりするので、隣の部屋にいた老公爵夫人が、わざわざ様子を見にきたほどでした。夫人は、イヴェルスキー門界隈から呼び寄せた下級役人と何事か相談していたようです。

でも私は幸福に酔いしれていたので、いわゆる「怖いもの知らず」で、だれに嘲笑《あざわら》われようと、だれに白い目で見られようと、ぜんぜん気になりませんでした。ジナイーダはそれからもずっと私に目をかけてくれ、自分のそばから私を放そうとしません。ふたりでこんな罰をくらったこともありました。ジナイーダと並んですわり、一枚の絹のスカーフを一緒にかぶせられ、その中で私が自分の秘密をジナイーダに打ち明けるというものです。今でも思いだします。ふたりの頭が急に、息詰まるような芳《かぐわ》しい半透明の闇に包まれ、その闇の中で、ジナイーダの瞳がすぐそばで柔らかい光を放って輝き、開きかけた唇からは熱い吐息がもれ、白い歯がほのかに見えます。ジナイーダの髪の先がくすぐったくて、焼けつくような感触を覚えました。私が何も言わないでいると、謎めいた悪戯《いたずら》っぽいほほえみを浮かべていたジナイーダがとうとう「ねえ、どうしたの?」とささやくので、私は赤くなってにっこりしたのですが、それしかできず、息も絶え絶えで顔をそむけなければなりませんでした。

罰金ゲームに飽きると、今度は縄遊びを始めました。ああ! 鬼になったジナイーダが、輪にした縄の中から、ぼんやりしていた私の指先を強くぴしゃりと叩いたとき、どんなに深い喜びを感じたことでしょう。その後、わざとぼんやりしているような振りをしたのに、ジナイーダは私が差しだしている手には触れようともしないで焦《じ》らすのでした！

他にも、この一晩で、なんともいろいろなことをしました！　ピアノを弾き、歌をうたい、踊り、ジプシーの群れを演じたりもしました。ニルマツキーは熊の格好をさせられて塩水を飲まされましたし、マレフスキー伯爵はあれこれトランプの手品を披露したあと、ホイストというゲームをすることにしてトランプ札をよく切って配ったと思ったら、切り札がすべて自分の手元におさまるという芸当をしてみせたので、これに対してルーシンが「お見事と申しあげよう」と言ったほどです。マイダーノフは、自作の物語詩『殺人者』の一節を朗読しましたが（舞台は、ロマン主義たけなわのころにしてありました）、じっさい、黒地に血のように真っ赤なタイトルの表紙をつけて出版するつもりでいたようです。イヴェルスキー門界隈から来ていた役人が膝に帽子を置いていたので、それをそっと盗んで、返してほしければコサック舞踊を踊れなどと無理を言ったり、年寄りのヴォニファーチイの頭に女物の室内帽をちょこんとかぶせたり、逆にジナイーダが男物の帽子をかぶったり……。

数えあげたらきりがありません。ひとりベロヴゾーロフだけが、眉をひそめてむくれたような様子でいましたが、しだいに部屋の隅のほうに引っこみがちになっていきます。ときどき目が血走り、顔が真っ赤になって、今にも飛びかかってきて木屑を蹴《け》散《ち》らすように私たちを四方八方に投げ飛ばすのではないかと思うことがありましたが、ジナイーダがちょっとそちらを見やり、人差し指をたてて脅すまねをすると、ベロヴゾーロフはすごすごと元いた隅にひき返すのでした。

しまいには、だれもが力尽きて疲れはててしまいました。公爵夫人は、ご本人の言葉を借りると、何事にも意気さかんな質《たち》でいくら騒がれてもなんともないそうですが、そんな夫人までもが、疲れたので休みたいと言いだしました。

一一時を過ぎたころ、夜食が出ました。古い干からびたチーズと、細切りにしたハム入りピロシキで、ピロシキはすっかり冷めていましたが、私にはどんな上等なパイよりも美味しく感じられました。ワインは一本しかなく、それもなんだか変わった黒っぽい壜《びん》で、首のあたりが膨れているうえ、中身はピンク色がかっています。さすがに、これにはだれも手をつけませんでした。へとへとに疲れ、どうしようもないほどの幸せを感じながら、私は離れを出ました。別れぎわ、ジナイーダが私の手をぎゅっと握りしめ、またしても謎めいたほほえみを見せました。

ほてった顔に夜の息吹きが重く湿っぽく感じられます。雷雨になりそうな気配だと思っていたら、黒い雨雲がむくむく沸きたち、煙のようにはっきり形を変えながら空を這《は》っていきます。不安げな風が暗い木立を震わせ、どこか地平線のかなたでは、まるで独り言でもつぶやくように、雷が鈍く腹立たしげにごろごろいいだしました。

私は裏玄関からこっそり自分の部屋に戻りました。私の養育係をしている爺《じい》やが床で眠っていたので、その上を跨《また》がなければなりませんでした。爺やは目を覚まして私だとわかると、奥様がまたお怒りになってもう一度迎えをやろうとなさったけれど、旦那様がお止めになった、と教えてくれました（寝る前に、母におやすみなさいを言わなかったことも、祝福を受けなかったことも、それまで一度もなかったのです）。でも、しかたありません！

爺やに、自分で着替えて休むから寝ていいよと言い、蠟燭《ろうそく》の火を消しました。でも、服も脱がなければ、横にもなりませんでした。

椅子に腰掛け、魔法でもかけられたみたいに、そのままじっとしていたのです。胸にあるのは、まったく新しく、なんともいえぬ甘美な感情です。ほんの少しまわりを見る以外は身じろぎもせずにゆっくり息をしていましたが、ただときどき、楽しかった出来事を思いだしては声をたてずにそっと笑ったり、「僕は恋をしている、これが恋、これこそが恋なんだ」と思っては心中ひやりとするものを感じたりしていました。

闇の中でジナイーダの顔が目の前に浮かび、消えずにいつまでもふわふわ漂《ただよ》っています。口元に相変わらず謎めいたほほえみを浮かべ、少し横から、いぶかしげな、考え深そうな、やさしいまなざしをこちらに向けているジナイーダ。さっき別れたときと同じまなざしです。

私はしばらくしてから立ちあがり、爪先立ちでベッドに行って、着替えもせずにそっと用心深く枕に頭を載せました。急に乱暴な動きをしたら、自分の心を満たしているものを脅かしてしまうのではないかと心配だったのかもしれません。

横にはなりましたが、目をつぶる気にもなれません。するとまもなく、部屋の中になんだか淡い光がしじゅう射しこんでくるのに気がつきました。起きあがって窓のほうを眺めると、幻想的にぼんやり白みがかった窓ガラスをバックに、桟《さん》がくっきり浮かびあがって見えます。雷だ、と思いました。

たしかにそのとおりでしたが、はるか遠くなので雷鳴は聞こえません。ただ空に、枝分かれしたような足の長い稲妻が、あとからあとから鈍く光るばかりで、それも光るというよりは、むしろ死にかけた鳥が翼をぴくぴく引きつらせるような感じと言ったらいいでしょうか。ベッドからおりて窓辺に寄り、朝までそこに立ちつくしました。俗に「雀の夜」と言われる短い夏の夜で、稲妻はかたときも止むことはありませんでした。目の前に広がる光景は、ひっそり静まり返った砂原、黒々と一塊《ひとかたまり》になっているネスクーシヌィ公園、遠くにある建物の黄色っぽい正面《ファサード》でしたが、稲妻が淡く光るたびに建物までぶるっと身震いしているように思えました。いくら見ていても見飽きず、目を離すことができません。音も聞こえないこの稲妻、慎《つつ》ましやかなこの稲光が、私の内部でやはり音もなく秘めやかにきらめきだした精神の高ぶりと呼応しているように思えたのです。

夜が明けはじめ、空が朝焼けで赤くまだらに染まっていきます。日の出が近づくにつれて、稲妻はしだいに輝きを失い、光っている時間も短くなっていき、間隔もますますひらいて、とうとう消えてしまいました。そして朝まだき、酔いもさめるほどの確たる光があたり一面にあふれかえりました。

胸のうちにあった稲妻も消えうせました。私はどっと疲れを感じるとともに、安らぎも取り戻しましたが、ジナイーダの面影はいまだ勝ち誇ったように、私の心の上を飛びまわっています。とはいえ、記憶に残っているその面影自体もだいぶ落ちつきを見せてきたようで、白鳥が沼辺の草むらから飛びたつように、みすぼらしい取り巻き連中から離れ去りました。私は寝入りばな、最後にもう一度おやすみを言いながら、心からの愛をこめてジナイーダの面影に取りすがりました。

ああ、穏やかな情感、やわらかい響き、心動かされたときのやさしさや平静さ、恋愛に初めて感動したときのとろけるような喜び。おまえたちはいったいどこへ行ってしまったのだろう。

8

翌朝、お茶に降りていったとき、案の定、母に小言を言われましたが、思っていたほど厳しくはありませんでした。その後、前の晩何をして遊んだか話をさせられました。私は言葉少なに答え、細かいところは思いきり端折《はしょ》って、全体がなるべくたわいない印象になるよう工夫しました。

「ともかく、あの人たちはまともな連中じゃないんだから」と母が説教します。「試験の準備や勉強もしないで、そんなところに出入りしちゃいけませんよ」

母が私の勉強に関して心遣いを見せるにしても、せいぜいこの程度のことしか言わないことがわかっていましたので、口答えをする必要も感じませんでした。ところが、父のほうが、お茶のあと私の腕をとって一緒に庭に出ると、ザセーキン家で目にしたことをひとつ残らず話してくれないかと言ってきたのです。

父は私に対して奇妙な影響力を持っていました。いえ、そもそも父と私の親子関係そのものが妙なものでした。父は私の教育にはほとんど口出ししませんでしたが、だからと言って、私を侮《あなど》るようなことも一度としてしたことがなく、いつも自由を尊重してくれました。こんな言い方が適切かどうかわかりませんが、父はあらたまった慇懃《いんぎん》な態度で私に接していたほどです。

でも、心の中にまでは踏みこませてくれません。私は父を愛し、男たるものの典型のように思っていて、その男らしい姿によく見とれたものです。父の手がいつも私をはねのけているような気がしていたので、どうしても私は及び腰でしたが、そうでなければ、どんなにか父にうるさくつきまとったことでしょう。

そんなふうでしたから、父がその気になって、ちょっとした言葉、ちょっとした素《そ》振《ぶ》りを示してくれさえすれば、父への限りない信頼が、あっというまに心にわきおこり、私は心を開いて、頭のいい友達か心の広い教師と話すように父とおしゃべりすることができます。ところがしばらくすると、またとつぜん父は私を見放し、手ではねのけるのです。やさしく穏やかにではありますが、はねのけることに違いはありません。

父もときには楽しい気分になることがあるらしく、そんなときは、私を相手に子供のようにはしゃいだり、ふざけたりしました（激しく体を動かすことならなんでも好きでした）。一度——あとにも先にもたった一度きりですが！——いかにも愛おしそうに私をやさしく可愛がってくれたことがあり、私は泣きだしそうになってしまいました。でもやがて、そんな楽しげな雰囲気も愛情あふれる態度も、あとかたもなく消えうせてしまい、つい今しがた父と私のあいだがこうだったからと言って今後も父が愛情を示してくれるという保証なんてまったくないのだ、夢を見ていたようなものなのだ、という気持ちにさせられるのでした。

よく、父の晴れやかで聡明で端整な顔を見ているうちに、胸がどきどきしてきて、身も心も父に惹きよせられそうになることがあります。すると父は、こちらの気持ちを見透かしでもするのか、私の頬をほんのついでのように軽く叩くと、どこかに行ってしまうか、何か仕事に取りかかるか、冷たくなってしまいます。しかも冷たくなるときは、他の人にはできないような独特の感じで急に全身凍りつくといった具合なので、こちらまでたちまち身がすくみ、やはり気持ちが冷えてしまうのです。

私は、言葉に出さないながら、はっきり「お願いだから僕の気持ちに応えて」とすがりつくような態度をとっていましたが、ごくたまに父が発作的に可愛がってくれるのは、けっして私の気持ちに応えてのことではありません。父がそういう発作に襲われるのは、きまって、思いもかけないときでしたから。後になって父の性格をいろいろ考えたあげく、父は私や家庭生活などにかまっていられなかったのだろうという結論にたどり着きました。別のものを愛し、それを心ゆくまで堪能していたのでしょう。

あるとき父が私にこう言ったことがあります。「取れるものは自分で取るんだ。くじけてはいけない。つねに自分自身でいること、それこそ人生の醍醐味《だいごみ》だよ」

また、こんなこともありました。民主主義を信奉する若者だった私が、自由について父の前で考えを述べたときのことです(その日は、当時私がひそかに名づけていたところの「やさしい」父で、そういうときはどんな話題でも持ちだすことができました)。

「自由か」父が繰り返します。「人間に自由を与えてくれるものは何か、わかるか?」

「何なんですか?」

「意志、自分自身の意志だよ。意志は自由だけじゃなく権力まで与えてくれる。権力は自由より大事なくらいだ。自分の意志で望むことができれば、自由にもなれるし、まわりの人間に采配をふるうこともできる」

父はまず生きることを望み、そして何をおいても生きることを欲した人間で、事実、そのとおり生きていました。ひょっとしたら、自分は人生の「醍醐味」をあまり長く味わえないかもしれない、とうすうす感づいていたのかもしれません。四二歳の若さで亡くなったのですから。

さて私がザセーキン家を訪ねたときのことを詳しく父に話して聞かせているあいだ、父はベンチにすわり、革鞭《かわむち》の先で砂の上に落書きをしながら、注意深いような、ぼんやりしているような、なんとも言えない様子で聞いていました。ときどき、ふふんと笑ったり、目を輝かせて可笑しそうにこちらの顔を覗きこんだり、ちょっとした質問や反駁《はんばく》で私の気持ちを煽《あお》りたてたりします。

はじめ私は、ジナイーダの名前を口にするのさえためらっていましたが、そのうち我慢しきれなくなって、ジナイーダがどんなに素敵な人か話しだしました。父はやはりときどき笑っています。やがて何か考え事をしてから、伸びをして立ちあがりました。

そういえば、父はこの後、家を出ると、馬に鞍を置いておくよう言いつけていました。父が馬をあやつるさまは見事なもので、かの有名なアメリカ出身の馬術師レリー氏などよりずっと早くから、どんな荒馬でも乗りこなせました。

「僕も一緒に行っていい、お父さん」とたずねると、

「いや」と答えた父は、やさしいけれど冷淡ないつもの顔に戻っていました。「行きたいならひとりで行きなさい。私は出かけないことにしたって御者に言っておいてくれ」

父はくるりと背を向けると、そそくさと行ってしまいました。その後ろ姿を目で追っていると、門の外に出てから、父の帽子が垣根に沿って動いていき、ザセーキン家に入っていったのがわかりました。

父は一時間とそこには長居せず、すぐ町に出かけ、夕方になるまで戻りませんでした。

食事のあと、私はふらっとザセーキン家に行ってみました。客間にいたのは老公爵夫人だけです。私の姿を見ると、夫人は室内帽の下に編み棒の先を入れて頭を掻《か》き、

いきなり請願書の清書をしてもらえないかと頼んできました。

「お安いご用です」と答えて、椅子の端っこにすわりました。

「でも気をつけて、字を大きめにしてくださいね」夫人はそう言って、汚れた紙を一枚よこしました。「今日じゅうに書きあげるわけにはいきませんか」

「かならず今日じゅうに書き写しましょう」

隣の部屋のドアがほんの少し開いて、隙間からジナイーダの顔が覗きました。青ざめた物思いに沈んだような顔つきで、髪はいい加減に後ろに流してあります。大きな冷ややかな目で私の顔を見ると、そっとドアを閉めてしまいました。

「ジーナ、ジーナったら！」と母親に呼ばれても、返事をしません。私は頼まれた請願書を持って帰り、一晩じゅう清書にはげみました。

9

熱い恋心を抱くようになったのはこの日からです。仕事に就いたばかりの人もきっとこんなふうに感じるだろうと思うのですが、自分はもうただの幼い少年ではないのだといったような気持ちになったことをはっきり覚えています。恋する男になったのです。この日から恋心を抱くようになったと言いましたが、苦しみも同じその日を境に始まったことを付け加えておきましょう。

ジナイーダがいないと胸がふさがり、何ひとつ頭に浮かんでもこなければ、何ひとつ手にもつかないというありさまです。明けても暮れても、ひたすらジナイーダのことばかり考えてしまいます。離れていれば身を焦《こ》がすほどなのですが、だからといって、ジナイーダがそばにいても気が休まるわけではありません。嫉妬に苦しんだり、自分のつまらなさ加減を思い知ったり、馬鹿みたいにぷんぷん膨れたり、馬鹿みたいにおもねったりするのですが、それでもなお抗《あらが》いがたい力が働いて、いやおうなくジナイーダに惹かれ、彼女の部屋に足を踏み入れるたびに幸せのあまり体が震えるのでした。

私がジナイーダに夢中だということはすぐに見抜かれてしまいましたが、べつに隠すつもりもありませんでした。ジナイーダは私の恋心を面白がって、からかったり、甘やかしたり、苦しめたりしました。相手にこのうえなく大きな喜びや深い悲しみをもたらすのが自分ただひとりで、しかも相手をどこまでも自分の思いどおりにできるとなると、それは心地よいものなのかもしれませんが、それにしてもジナイーダの手にかかると、情けないことに私はまるで柔らかい蠟のようでした。

もっとも、ジナイーダに恋していたのは私ひとりではなく、離れを訪れる男たちはだれもかれもが、たいへんなご執心でした。ジナイーダのほうは全員の首根っこを押さえて足元にひれ伏させていました。男たちの希望を煽ったり、不安をかきたてたり、気の向くままに男たちを操ったりする（それをジナイーダは「人と人をぶつけ合わせる」などと言っていました）。それが楽しくてしかたないのでしょう。男たちは逆らおうともせず、喜んで言いなりになっています。

ジナイーダという潑剌《はつらつ》とした美しい女《ひと》には、ずる賢いけれど無頓着《むとんちゃく》、わざとらしいけれど率直、もの静かだけれどおてんば、といった相反するものが同居していて、そこがなんともいえずに素敵なのです。ジナイーダの言うことなすこと、身振りという身振りには、繊細で軽やかな魅力があふれ、戯れる力とでもいうのでしょうか、そうした一種独特の力が備わっていました。顔の表情もたえまなく変化してやはり戯れ、人を嘲《あざけ》るような表情と、物思わしげな表情と、情熱的な表情が、ほとんど同時に浮かぶのです。風もなく晴れわたった日に雲の影があちこら飛び移るように、ありとあらゆる感情が、ひっきりなしにジナイーダの瞳や唇にすぐにあらわれては消え、消えてはまたあらわれるのです。

ジナイーダには、自分を崇拝してくれる男たちひとりひとりがみな必要でした。ベロヴゾーロフのことをときおり「私の野獣さん」と呼んだり、ただ「私の人」と呼んだりしていましたが、当のベロヴゾーロフは、ジナイーダのためとあらば、いつでも喜んで火の中、水の中に飛びこむ覚悟があったでしょう。自分の知能にもそれ以外の才能にもからきし自信がないのに、ジナイーダに結婚を申しこみ、「他の連中は口先だけで中身がない」とほのめかしていました。

マイダーノフは、ジナイーダの詩心に訴えるものを持っていたようです。詩人や作家はたいていそうですが、マイダーノフもかなり冷たい人間でした。なんとかしてジナイーダを熱愛しているとジナイーダ本人に思わせようとしており、おそらく自分自身にもそう言い聞かせていたのでしょう、ジナイーダを褒めたたえる詩をこれでもかこれでもかと書いては読んで聞かせるのでした。その感極《かんきわ》まった様子は、ぎこちなく不自然なようにも、本気で真剣なようにも見えます。ジナイーダは、マイダーノフに好意的ではありましたが、いくぶんからかい気味でもありました。彼を信用していないのでしょう、えんえんと告白を聞かされると、「空気を入れ替えましょう」と言ってプーシキンの詩を朗読させるのです。

シニカルで毒舌をふるうのが得意な医者のルーシンは、ジナイーダのことをだれよりもよくわかっていて、だれよりも愛しているのに、陰でも面と向ってもジナイーダのことを悪しざまに言っていました。ジナイーダはルーシンを尊敬していましたが、だからといって容赦せず、ときおりルーシンに、自分も結局はジナイーダの手中にあって振りまわされているのだと思い知らせては、満足げに、とくべつ底意地の悪そうな表情を浮かべます。「私はコケティッシュで思いやりのない女、生まれつきの役者なの」あるとき、私のいるところでジナイーダがルーシンにそう言ったことがあります。「あ、そうだわ！　手を出してくださらない、その手にピンを突き刺したら、こちらの若い方の手前、恥ずかしいし痛いでしょう。それでも、生真面目な紳士さま、どうか笑ってくださるわね」ルーシンは赤くなって顔をそむけ、唇を嚙《か》みましたが、最後には手を差し出しました。そしてジナイーダがピンを刺すと、ルーシンは本当に笑いだしたのです。ジナイーダも笑いながら、かなり深くまでピンを刺しこんで相手の目を覗きます。ルーシンはなんとか目をそらせようとしてあちこちに視線を走らせるのですが、うまくいきませんでした。

いちばんわかりにくいのは、ジナイーダとマレフスキー伯爵の関係でした。マレフスキーは美男子で、きびきびしているうえ頭の回転も速いのですが、どこか胡散臭《うさんくさ》くいかがわしげなところがあり、それは私のような一六歳の少年にも感じられるのに、ジナイーダが気づかないということが不思議でなりませんでした。

いえ、ひょっとすると、いかがわしさにちゃんと気づいていながら、見て見ぬふりをしていたのかもしれません。ジナイーダはいい加減な教育しか受けていないし、人づきあいも家の慣《なら》わしも変わっていますし、母親はしじゅうそばにいるのに家の中はだらしなく、貧乏暮らしときています。さらに若い女性にありがちな気ままさや、まわりにいる連中より自分のほうがすぐれているという優越感もあります。それやこれやが作用して、ジナイーダの一種人を見くだすような態度や投げやりな態度をはぐくんでしまったのでしょう。何があろうと――たとえば、ヴォニファーチイが来て「砂糖がきれました」と言おうが、ろくでもない噂が漏れ聞こえようが、客どうしが喧嘩《けんか》を始めようが、ジナイーダは巻き毛を振って「くだらない！」と言うだけで、気にもとめません。

いっぽう私は、よく全身の血がかっと燃えたつような思いをさせられました。マレフスキーが、キツネのように巧みに体を揺らして近づき、ジナイーダのすわっている椅子の背に優雅な格好でもたれて、さも得意然とした、おもねるような含み笑いをしながら何か耳打ちすると、ジナイーダが胸のところで腕を組み、まじまじとマレフスキーの顔を見ながら、やがて自分もほほえんで首を振る、そんなときです。

「なにもマレフスキーさんをお客に加えなくてもいいじゃありませんか」といつか聞いたら、こんな答えが返ってきたことがあります。

「だって、あんなに素敵な口髭なんですもの。第一そんなこと、あなたには関係ないでしょ」

別の機会にジナイーダはこんなことを言いました。「私があの人を愛してると思っていらっしゃるんじゃないでしょうね。まさか。上から見おろさなくちゃならないような人なんか愛せないわ。逆に私を抑えつけるような人じゃなくちゃいや。でも、ありがたいことに、そんな人には出会いっこない！　だから、だれの虜《とりこ》にもならないの、ぜったい！」

「ということは、けっして人を愛さないということですか」

「あら、あなたのことは？　あなたのこと愛してないかしら？」ジナイーダはそう言うと、手袋の先で私の鼻を叩きました。

こんな感じで、ジナイーダにはさんざんからかわれました。三週間というもの毎日顔を合わせていましたが、ジナイーダは私にいろいろな悪戯、本当にありとあらゆる悪戯をしかけてきました！　母屋へはめったに遊びに来ませんでしたが、私はべつにそれを残念だとは思いませんでした。わが家に来ると公爵家の令嬢になりきってしまうし、私は私でジナイーダを避けるようにしていました。自分の気持ちを母に見透かされるのが怖かったので。母はジナイーダを忌《い》み嫌い、敵意むきだしで私たちに目を光らせていたのです。父のことはさほど怖いとは思いませんでした。私のことなど眼中にないようでしたし、ジナイーダともあまり口をききませんでしたが、言葉を交わすときは、なんだかことさら気が利いていて意味ありげなことを言っていました。

私は勉強も読書も放りだし、付近を歩くことも馬に乗って出かけることもやめてしまいました。足に糸を結びつけられた虫のように、大好きな離れのまわりをうろうろ歩きまわってばかりいました。いつまでもそこにいられたらいいのにと思ったものですが……そうもいきません。母にはなんだかんだとうるさく文句を言われますし、ジナイーダにまで厄介払いされるときがあります。

そういうときは、自室に引きこもるか、庭のつきあたりまで行って廃墟になっている温室によじのぼるかしました。石造りの高い温室の一部が壊れずに残っていたのです。道に面しているほうの壁に足をぶらさげてすわり、何時間もそのまま何も目に入らず、ただただぼんやりしていたものです。そばでは、埃《ほこり》をかぶったイラクサの上をモンシロチョウが数匹けだるそうに飛び、威勢のいいスズメが壊れかけた赤レンガにとまって、いらだたしげにチュンチュン鳴きながら尾をいっぱいに広げ、体をあっちに向けたりこっちに向けたりしています。相変わらず疑り深いカラスは、はるか高く、葉の落ちた白樺《しらかば》の梢《こずえ》にとまって、ときどきカアカア鳴きかわしています。白樺の枝はまばらで、そのあいだを太陽と風が静かにたわむれ、ときおり聞こえてくるドンスコイ修道院の鐘の音は穏やかでわびしげでした。じっとすわったきり、眺めるともなくぼんやり前を見て耳をすましていると、なんとも言いようのない気持ちがこみあげてきました。悲しみも、喜びも、未来への予感も、希望も、生に対する恐怖も、すべて含んでいるような気持ちです。

でも当時の私には、そんなことはわかりませんでした。心の中で発酵している感情がいったい何なのか、名づけようにも名づけられなかったでしょう。いえ、あるいは、この複雑な気持ちをたった一言であらわそうとしたかもしれません――「ジナイーダ」という一言で。

それなのにジナイーダは、猫がネズミをなぶるように、私のことをもてあそぶのです。媚《こ》びるような素振りをして私を燃えあがらせ、とろけさせるかと思えば、急にすげなく突っぱねて自分に近づくことも顔を見ることもままならなくするのでした。

何日もたてつづけにとても冷たくされたことを覚えています。すっかりうろたえた私は、こわごわ離れに行って、なるべく老公爵夫人のそばにいるよう心がけましたが、よりによってそのとき手形の問題がうまくいかなくなっていた夫人は、がみがみ怒ったり怒鳴ったりしていました。地区の警察署長と二度も談判を重ねていたようです。

あるとき庭で、例の垣根のそばを通りかかると、ジナイーダの姿が目にとまりました。草の上に両手をついてすわり、身じろぎもしないでじっとしているので、そっと離れようとすると、ジナイーダが不意に首をあげて、命令するようなしぐさをします。私ははじめ意味がわからなくて、その場に立ちすくんでいました。ジナイーダがもう一度同じしぐさをしたので、私はすぐに垣根を飛び越え、いそいそと駆け寄ったのですが、ジナイーダはその私を目の動きで押しとどめ、自分から二歩ほど離れている小道を示しました。

私はどうしたらいいかわからずに困って小道の端に両膝をつきました。ジナイーダの顔は真っ青で、面差しのいたるところに悲しみと疲れが色濃くにじみ出ているので、私は心臓が締めつけられ、思わずこうつぶやいていました。

「どうなさったんですか」

ジナイーダは手をのばし、そこらへんに生えていた草を一本むしると、ちょっと嚙んで、遠くへ投げてしまい、

「私のこと、とても愛してる?」と、しばらくしてからようやく言いました。「そうでしょ?」

私は何も答えませんでした。だいたい答える必要などあるでしょうか。

「そうよね」ずっと私を見つめたままジナイーダは繰り返します。「そうに決まってる。同じ目をしてるもの」そう言って考えこんだジナイーダは、やがて両手で顔をおおい、そっとささやくのでした。「もう何もかも、いや。いっそのこと地の果てにでも行ってしまいたい。こんなこと我慢できない、うまくやっていけない……。この先

どうなるんだろう！　ああ、つらい……。なんてつらいの！」

「なにがそんなにつらいんです」私はおそるおそる尋ねました。

ジナイーダは答えてはくれず、肩をすくめるだけです。跪いた格好のまま、私はひどくうろたえてジナイーダを見つめました。彼女のひと言ひと言が、私の胸に深く突き刺さります。このときは、ジナイーダの悲しみが消えるのであれば、喜んで命を投げ出したにちがいありません。様子を見ていても、なぜそれほどつらいのかわからないのですが、ジナイーダが堪えきれない悲しみの発作に襲われ、とつぜん庭に出てばったり地面に倒れこむ光景を、ありありと思い浮かべてしまうのでした。

あたりには光が満ち、緑があふれ、風が吹くと木々の葉がざわめき、ときどきジナイーダの頭上でキイチゴの長い枝が揺れます。どこかでハトのクークー鳴く声が聞こえ、ミツバチがまばらな草の上をうなりながら低く飛んでいます。はるか上を見あげれば、青空が穏やかにすみわたっているというのに、私の心は重く重く沈んでいるのでした。

「何か詩を聞かせてくださらない」とジナイーダが小声で言って、片肘をつきました。

「あなたに詩を読んでもらうのが好きなの。読むっていうより歌っているみたいだけれど、それでかまわない、若い人らしくて。プーシキンの『グルジアの丘にて』を読んでくださらない。でも、とりあえずすわって」

私は腰をおろして『グルジアの丘にて』を朗読しました。

「『愛さずにはいられない』」ジナイーダは詩の一部を繰り返しました。「どうして詩が素晴らしいかっていうと、詩を読むと、この世にないものまでわかるからよ。しかも、この世にないもののほうが、この世にあるものより素敵でずっと真実に近いんですもの。愛さずにはいられない――愛さずにいられたらいいのにって思うのに、愛さずにはいられない！」ジナイーダは、それだけ言うとまた黙りこくってしまったのですが、急にはっとしたように体を震わせて立ちあがりました。「行きましょう。お母様の部屋にマイダーノフさんがいらしてるの。自分で書いた詩を持ってきてくださったのに、そのまま置いてきぼりにしちゃった。あの人もきっと今ごろ悲しい思いをしてるはず。でも仕方ない！　あなたもきっといつかわかってくださると思うけど、どうか私のこと怒らないでね！」

ジナイーダは慌しく私の手を握ると、ひっぱって走りだしました。私たちが離れに行くと、さっそくマイダーノフが印刷したばかりの物語詩『殺人者』を読み始めましたが、私はろくに聞いていませんでした。それは、二番目の音節にアクセントをつけた「弱―強」格を四つずつ繰り返していく形式の詩です。マイダーノフが大声で歌うように読みあげると、交互に踏まれる韻が、鈴のように空ろでけたたましく響きましたが、私はジナイーダを見つめたまま、彼女の最後の言葉をずっと考え続けていました。

それとも、ひそかに恋敵があらわれ、
ふいに君の心をとらえたのか。

とつぜん、こう叫ぶマイダーノフの鼻声が耳に入ったとき、私の目はジナイーダの目とかちあいました。ジナイーダは目を伏せ、ほんのり顔を赤らめました。それを見て私は驚き、背筋が冷たくなる思いがしました。
もう前々から嫉妬を感じてはいたものの、ジナイーダが恋しているという考えが頭にひらめいたのは、この瞬間が初めてだったのです。「どうしよう！　あの人は恋してるんだ！」

10

私の本当の苦しみは、このときから始まりました。くよくよ思い悩み、ああでもないこうでもないと思いめぐらしては考え直し、ジナイーダの様子をしつこいくらい見張っているようになりました。そうは言っても、できるだけこっそり気づかれないようにではありますが。

ジナイーダの身に変化が起きたことは疑いようもありません。ひとりで散歩に出かけたきり長いこと帰ってこなかったり、客の前に姿を見せず何時間も自分の部屋から出てこなかったり。そんなことは、以前にはありませんでした。私は急にものすごく勘が鋭くなりました。いえ、鋭くなったような気がしました。あいつだろうか、それともこいつだろうか——ジナイーダの取り巻きをひとりひとり不安な気持ちで思い浮かべては、胸のうちで問いただしてみます。ひそかに、マレフスキー伯爵がいちばんあやしいと思っていました（もっとも、そんなことを認めるのは、ジナイーダをおとしめるようで恥ずかしかったのですが）。

でも見張っていたとは言え、せいぜい鼻の先までしか見ていない底の浅い観察だったでしょうし、自分では上手に感情を隠しているつもりでも、だれの目もごまかせなかったようです。少なくとも医者のルーシンにはたちまち見破られてしまいました。もっとも、その頃はルーシンも人が変わったようになり、ずいぶん痩せてしまいました。よく笑うところは以前と同じですが、何か押し殺したような、悪意のこもった、とぎれとぎれの笑い方になりました。以前は軽い皮肉を言ってわざとらしく人を冷笑していただけなのに、今では神経質そうにイライラするのを自分でも抑えられないようです。

「ねえ、お若い方、なんでそうしょっちゅう、ここにのこのこやって来るんです」あるとき、ザセーキナ夫人の居間でふたりだけになったとき、ルーシンが聞いてきました（ジナイーダはまだ散歩から戻ってこず、夫人の怒鳴り声が中二階で響いていました）。小間使いにがみがみ小言を言っているのです）。「若いうちは、一生懸命勉強しなくちゃいけないのに、君のしていることは何です」

「僕が家で勉強してるかしてないかなんて、わかりっこないでしょ」と私はいくぶん生意気な感じで言い返しましたが、じつは内心、多少慌てていました。

「勉強なんかしてるもんですか！　頭の中はそれどころじゃないはずだ。まあ、そんなこと言い合っても仕方ないし、君の年ごろではそれで当たり前なのかもしれない。ただ、選び方が大失敗でしたね。ここがどういう家だか気づいていないはずはないでしょう」

「お話の意味がわかりませんが」

「わからない？　それはますますいけない。それなら私の義務だと思って、ひと言、警告させていただきますが、われわれの仲間みたいに年のいった独り者なら、ここへ来てもかまいませんよ、今さらどうなるというものでもありませんからね。焼きを入れられ鍛えられていますから、どんなものも体の中まで滲《し》みこんできやしません。でも君の肌はまだ弱い。そういう肌にはここの空気は毒です。本当です、うかうかしていると病気が伝染《うつ》ってしまうかもしれませんよ」

「どうしてそんな」

「いや、そうなんです。そもそも今、健康ですか。正常な状態にいますか。今感じていることは体や心のためになる、いいことですか」

「僕が何を感じてるっていうんです」口ではそう言ったものの、心の中ではルーシンの言うとおりだと思いました。

「いやあ、お若い方、お若い方」ルーシンは、私にわざとこの「お若い方」という言葉を聞かせてひどく怒らせようとでもするかのように言いました。「ごまかそうったって、そうはいきません。だいたい心にあることがそのまま顔に書いてあるから、ちゃんとわかってしまいますよ。まあ、でもこんな話をしていてもしようがない。私だったら、こんなところに入りびたったりしないと思いますよ、もしも（といってドクター・ルーシンは唇を嚙みました）、もしも私がこれほどの変わり者でなかったらね。ただ不思議でならないのは、君のような頭のいい人が、自分の身のまわりで起こっていることにどうして気がつかないのかということです」

「いったい何が起こってるんですか」私は、ルーシンの言ったことを引き取って聞き返し、全身がこわばるのを感じました。

ルーシンは、嘲るような、哀れむような目で私を見て、独り言を言うようにつぶやきました。

「とんでもないことを口走って、俺もくだらない男だ。こんなこと、わざわざ教えないほうがいいだろう」そして声を高めて言いました。「要するに、繰り返しになりますが、ここの雰囲気はためにならない。たしかに、ここにいると居心地がいいかもしれないけれど、それだけじゃ何の意味もありませんよ。温室はいい香りがするけれど、温室に住むわけにはいかないでしょう。さあ！　私の言うことを聞いて、もう一度カイダーノフを手に取るんですね！」

公爵夫人が入ってきて、ドクター・ルーシンに歯が痛いと訴えました。やがてジナイーダも姿をあらわしました。

「そうそう、先生」夫人が、ついでのように言います。「この子を叱ってやってくださいよ。一日じゅう氷水ばかり飲んでるんです。胸が弱いっていうのに、そんなことをして体にいいものでしょうか」

「どうしてそんなことなさるんです」ルーシンが聞きます。

「でも、どんな結果になるっておっしゃるの」

「どんな結果？　風邪をひいて死ぬことだってありますよ」

「ほんと？　まさか。でも、しかたない、そうなって当然ですわ！」

「なるほど！」ドクターが不満そうに言いました。

公爵夫人は出ていってしまいます。

「なるほど！」ジナイーダがルーシンの口真似をして言いました。「生きていくことってそんなに楽しいかしら。まわりを見まわしてごらんになるといいわ。どう、いやなことばかりでしょう。それとも、そんなことも私にはわからない、感じられないとお思いなのかしら。今の私は、氷水を飲むと心から満足できるんです——もう幸福がどうのこうのと言っているんじゃありません。つかのまの満足を得られるなら命を犠牲にしたってかまわない。それなのに、先生ったら、こんなつまらない人生を犠牲にするのはもったいないって、本気でお説教なさるつもりかしら」

「そうですか」ルーシンが答えます。「気まぐれと自尊心。このふたつの言葉があれば、あなたがどんな人か言い尽くしたことになりますね。あなたの性格は、このふたつの言葉ですっかりあらわすことができる」

ジナイーダはヒステリックに笑いだしました。

「見当ちがいです、おあいにく様。ちゃんと見ていないと遅れをとりますよ。メガネでもおかけになったらいかが。今の私は気まぐれなんかじゃありません。ここに来る人たちをからかったり、自分自身を笑い物にしたって、なにが面白いもんですか！自尊心のほうはといえば……」ジナイーダはここで足をとんと踏み鳴らしました。

「ムッシュー・ヴォルデマール、そんな憂鬱そうな顔をなさらないで。人に同情されるなんて、まっぴらなの」そう言いすてると、足早に行ってしまいました。

「毒です、ここの空気は君には毒ですよ、お若い方」ルーシンがまた繰り返すのでした。

11

その日の夜、ザセーキナ夫人の家に常連が集まりました。私もそのひとりです。話がマイダーノフの詩のことになると、ジナイーダが手放しで褒めたたえました。「でも、そうねえ」ジナイーダがマイダーノフにむかって言いました。「もし私が詩人だったら、違ったテーマにするでしょうね。くだらないかもしれないけれど、ときどきおかしな考えが頭に浮かぶことがあるの。とくに夜眠れないとき、明け方、空がピンクやグレーに染まりだすころ。私なら、たとえば……。皆さん、私のこと、笑ったりなさらないかしら」

「笑うもんですか！　とんでもない！」私たちは口々に言いました。

「私なら、こんなお話にするわ」ジナイーダは胸の前で腕を組み、あらぬかたをじっと見つめて話を続けます。「夜、静かな川に浮かぶ大きな舟に、女の子たちがたくさん乗っているのね。月は皓々《こうこう》と輝いていて、女の子たちはみな白い衣装を身にまとい、白い花輪を髪にのせて、何か賛美歌のようなものを歌っているの」

「わかります、わかりますよ、それからどうなるんです」マイダーノフが、意味ありげな様子で、夢見るように言いました。

「すると川のほとりに、ざわめきや笑い声がして、松明《たいまつ》や手太鼓があらわれる。バッカスの巫女《みこ》たちが何人も歌ったり叫んだりしながら、こっちに走ってくるの。このあたりの光景を描くのはお任せするわ、詩人さん、でもね、松明は真っ赤に燃えてもうもうと煙を出していなくちゃいや、冠をかぶった巫女たちの目もきらきら光っていなくちゃだめよ。冠は黒っぽいのがいいわ。それからトラの皮と杯も忘れないでね。それと金《きん》も使いましょう、金はたっぷりあるほうがいいわ」

「金はどこに使ったらいいでしょうかね」マイダーノフはそう問いかけ、まっすぐのびた髪をうしろに払い、鼻の穴をふくらませました。

「どこにって。肩にも、腕にも、足にも、あらゆるところよ。古代の女たちは、くるぶしに金の輪をはめていたんですって。バッカスの巫女たちが、舟に乗っている女の子たちを呼び寄せると、女の子たちは歌うのをやめてしまう。もう続けて賛美歌を歌うことができなくなって、身動きもしないでじっとしている。すると、川の流れるままに舟が岸に近づいていく。そのとき女の子のひとりがそっと立ちあがる。このあたりは上手に書かないとね。月の光を浴びて立ちあがるところや、他のお友達がびっくりするところは。立ちあがった女の子が舟のへりをまたぐと、巫女たちが取り囲んで、夜の暗闇のかなたに連れていくの。この場面には、煙が渦を巻いているところを書いてくださいね。そして、何もかもごちゃごちゃに混じりあってしまう。聞こえるのは巫女たちのはしゃぐ声だけで、女の子の花輪がぽつんと岸辺に落ちているの」

ジナイーダは口をつぐんだ（「やっぱり！　ジナイーダは恋してるんだ！」と私はまた思いました）。

「で、それだけですか」マイダーノフが聞きました。

「それだけ」

「長い物語詩を組み立てる筋にはちょっと無理ですが」マイダーノフが偉そうに言いました。「でも、抒情詩の題材に今の構想を使わせていただきましょう」

「ロマン主義的な傾向の詩ですか」マレフスキーが尋ねます。

「もちろん、そうです。バイロン風ですよ」

「私の見るところ、ユゴーのほうがバイロンより上ですね」若い伯爵がぞんざいな調子で言いました。「それにずっと面白い」

「ユゴーは一流の作家ですが」マイダーノフが言い返します。「僕の親友のトンコシェーエフは、スペイン語で『エル・トルバドール』という小説を書きましたけれど、その中で……」

「ああ、疑問符がひっくり返っているあの本ね」とジナイーダが遮って言いました。

「そうです。スペイン語ではああ書くことになっているんです。僕が言いたかったのは、トンコシェーエフが……」

「ねえ、また古典主義だ、ロマン主義だって議論を始めるおつもり」ジナイーダがまた遮りました。「それより何かゲームをしましょうよ」

「罰金ゲームですか」ルーシンがすぐに受けて言いました。

「いいえ、罰金ゲームはつまらないわ。譬《たと》えゲームにしましょう」（これはジナイーダ自身が考えだしたゲームです。最初に何か「あるもの」を決めたら、めいめいがそれを何かに譬えます。いちばん上手な譬えを考えついた人が褒美をもらえるのです）

ジナイーダが窓に近寄りました。太陽が沈んだばかりで、赤く染まった雲が空の高いところで長くたなびいています。

「あの雲、何に似ているでしょう」ジナイーダは質問を出しておいて、私たちが答えるのも待たずに自分から言いました。「私は、黄金の舟に張ってあった赤紫の帆に似ていると思うわ。クレオパトラがアントニウスを迎えにいったときに乗ったという舟よ。ほら、マイダーノフさん、覚えていらっしゃるでしょ、このあいだ、話してくださったじゃありませんか」

私たちはみな『ハムレット』のポローニアスのように、あの雲はたしかにクレオパトラの舟の帆のようだ、それ以上いい譬えはだれも思いつかないと口々に言い合いました。

「あの時、アントニウスはいくつだったのかしら」ジナイーダが聞きます。

「たぶん若かったでしょうね」マレフスキーが言いました。

「そう、若かったでしょう」マイダーノフが自信ありげに断言しました。

「失礼ながら」ルーシンが大きな声で割って入りました。「あのときアントニウスは四〇歳過ぎでしたよ」

「四〇歳過ぎ」ジナイーダは素早くルーシンの顔を見て繰り返しました。

それからまもなく私は家に帰りました。「ジナイーダは恋してる。でも相手はいったいだれなんだろう」こんな言葉が思わず唇からこぼれました。

12

日がたつにつれて、ジナイーダの様子はますます奇妙に、ますます不可解になっていきます。あるときジナイーダの部屋に行くと、籐椅子にすわり、テーブルのとがった端に頭を押しつけています。やがて身を起こすと、顔じゅう涙で濡れているではありませんか。

「ああ！　あなただったの！」残忍そうな薄笑いを浮かべて言います。「ここにいらして」

私がそばに行くと、ジナイーダは私の頭に手を載せ、いきなり髪の毛をつかんで、ぐいぐいひねります。

「痛い」ついに私は音《ね》をあげました。

「ああ、痛いのね！　でも私は痛くないというの、痛くないというの？」そう繰り返します。

ほんの一房ですが、私の頭から髪をむしりとったのに気づいたジナイーダは、はっとして叫びました。「まあ！　なんてことしちゃったのかしら。かわいそうに、ムッシュー・ヴォルデマール！」

むしり抜いた髪の毛をそっとまっすぐ引っぱって指に巻きつけ、指輪のようにして言いました。

「あなたの髪の毛、ロケットに入れて、いつも身につけてるわね」目にはやはり涙が光っています。「そうしたら、少しはあなたの気が晴れるかもしれないでしょ。さあ、じゃ、もうさよならよ」

家に帰ると、不愉快な場面に出くわしました。母が父を相手に談じこんでおり、何やかやと父を咎めているのです。父のほうは、いつもと同じ冷たく慇懃な態度で黙りこくっていましたが、やがて出かけてしまいました。母が何のことを言っていたのか聞きとれませんでしたし、そんなことにかまけていられる心境でもありませんでした。ただ、父を咎めるだけ咎めると、母が自分の書斎に私を呼びつけたこと、「しげしげ公爵夫人のところに出入りしすぎる」とたいへんな剣幕だったこと、夫人のことを *une femme capable de tout*（何をしでかすかわからない女）だと言っていたことを覚えているだけです。私は母の手にキスして（これは、話を打ち切りたいときにいつも使う手です）、自分の部屋に戻りました。

ジナイーダの涙を見た私は、すっかり動転していました。まったく考えがまとまらず、私まで泣きだしたいほどです。一六歳とはいえ、やはりまだ子供だったのでしょう。マレフスキー伯爵のことなど、もう眼中にありませんでした。もっともベロヴゾーロフは、日に日に恐ろしく殺気立ってきて、抜け目ない伯爵を、オオカミがヒツジを見るような目で睨んでいましたけれど、私は何事も、だれのことも考えられなくなっていました。というより、何をどう考えていいやらわからなくなり、人のいない場所ばかり探し求めていました。

とくに気に入っていたのは、廃墟になった例の温室です。よく高い壁によじのぼって腰かけ、ひとりぼっちでいると、自分がひどく不幸で寂しい境遇にいるように思えてきて、われながら哀れになったものですが、そうした悲しみの感覚がかえって心地よくもあり、それにどっぷりひたっていたのかもしれません。

あるときその壁にすわって、遠くに目をやり、鐘の音に耳をすましていると、不意に何かが体の中を走り抜けていきました——そよ風のようでそよ風でなく、おののきでもなく、まるで何かの息吹き、だれかがそばにいるような感覚といったらいいでしょうか。下を見ると、薄いグレーのドレスを着てピンクの日傘を肩に載せたジナイーダが、急ぎ足で道を歩いているではありませんか。私に気がついて立ちどまり、麦藁帽子の縁を持ちあげて、ビロードのような目でこちらを見上げて言いました。

「そんな高いところで何してらっしゃるの」なんとなく妙なほほえみを浮かべていました。

「そうだ、いつも私のこと好きだっておっしゃってるでしょ。本当に私のことが好きなら、私のいるこの道に飛び降りてみせて」

ジナイーダがこの言葉を言い終えるか終えないかのうちに、私はもう飛び降りていました。うしろからだれかにどんと押されたような感じでした。壁の高さは四メートルほど。両足で地面についたのはよかったのですが、衝撃が大きくて体を支えきれず、ばったり倒れこみ、少しのあいだ気を失ってしまったようです。われに返ったときは、目を開けないうちから、ジナイーダがすぐそばにいることが気配でわかりました。

「可愛い子」ジナイーダは私の上にかがみこんで言いました。その声は心配そうでもあり、やさしげでもあります。「なんでこんな真似するの。なんで言うことなんか聞くのよ。私だって大好きなのに。起きて」

　ジナイーダの胸が私の胸の間近で息づき、その手が私の頭に触れるや、いきなり（このとき私の身に奇跡のようなことが起こったのです！）柔らかくひんやりとした唇が、私の顔じゅうあちこちにキスしはじめ……私の唇にも触れたのです。でもそのとき、たぶん私の表情から、もう意識を取り戻していることがわかったのでしょう、まだ目を閉じたままにしていたのですが、ジナイーダはぱっと身を起こしてこう言いました。

「さあ、タヌキ寝入りしていちゃだめよ、無鉄砲ないたずらっ子さん、いつまで埃まみれで寝てるおつもり？」

　私は起きあがりました。

「日傘をとってきてくださらない。ほら、あんなところまで放り投げちゃったわ。そんなふうに人の顔ばかり見ないこと。まったくなんてお馬鹿さんなんでしょう。怪我はなかった？　イラクサが刺さって痛かったんじゃない？　人の顔を見ないでって言ってるでしょ。いやだ、この人、何もわからないみたい、返事もしないわ」ジナイーダは独り言をつぶやくように言いました。「ムッシュー・ヴォルデマール、うちに帰って体をきれいにするのよ。私のあとをつけてきちゃだめ、そんなことしたら承知しませんからね。もうぜったい……」

ジナイーダは最後まで言わずにさっさと行ってしまい、私はへなへなと道端にすわりこみました。とても立っていられないのです。イラクサのせいで手がちくちく痛み、背中は疼き、頭はくらくらしていましたが、このとき味わった天にも昇るような幸福感は、その後の人生でもう二度とめぐってはきませんでした。至福の感覚は甘い痛みとなって体のすみずみまで伝わり、とうとう抑えきれなくなった私は、跳ねたりわめいたりしました。そう、私は本当にまだ子供っぽかったのです。

13

その日は一日じゅう、浮き浮きと誇らしい気分で過ごしました。ジナイーダがキスしてくれたときの感触が顔にありありと残っており、彼女の口にしたひと言ひと言を思い出しては喜びに震え、願ってもない幸せを大切にいつくしんでいるうち、こうした新しい感覚をもたらしてくれたジナイーダに会うのがかえって怖くなり、むしろ顔を合わせたくないと思うようになったほどです。運命にこれ以上を望んではいけない、今や「思いきり最後の息をして、ひとおもいに死ぬ」べきではないかという気がしたほどです。

おかげで翌日、離れに行くときは、ひどい気おくれを感じました。秘密を守れるところを見せたくて、それにふさわしい控えめながらのびのびした態度でいようと思い、気まずい気持ちをそうした態度で押し隠そうとしたのですが、そんな必要はありませんでした。

ジナイーダはごく自然に私を出迎え、まったく動揺していません。指を立てて脅すようなしぐさをして、「青あざはできなかった?」と聞いてきただけです。それで、胸に秘密を抱いているとか、控えめながらのびのび振る舞おうなどといった思いはたちまち消え、気おくれもいっしょに吹き飛んでしまいました。

もちろん、特別なことを期待していたわけではありませんが、ジナイーダの落ちつきはらった態度を見て、頭から冷たい水を浴びせられたような気がしました。あの人から見たら自分はほんの子供でしかないんだ、と思い知らされ、とてもつらくなりました！　ジナイーダは部屋を行ったり来たりして、私と目が合うたびに急いでにっこりするのですが、思いはどこか遠くにある、それがはっきりわかりました。「僕のほうから昨日のことを持ち出してみようか。あんなに急いでどこへ行こうとしていたのか聞いて突き止めようか」とも思いましたが、あきらめて部屋の隅に腰をおろしました。

ベロヴゾーロフが入ってきたので、ほっとしました。

「御用立てできるようなおとなしい馬がなかなか見つかりません」ベロヴゾーロフが、いかめしい声で言いました。「フレイタグが、一頭いいのがいるなんて安請り合いしているんですが、どうだか。ちょっと心配で」

「何を心配していらっしゃるのか伺いたいわ」

「何をですって。だって、乗馬などおできにならないじゃありませんか。何かあったら大変です！　それにしても、なんで急にそんな気まぐれを起こしたんですか」

「そんなの私の勝手でしょ、ムッシュー・野獣さん。でもそれなら、ピョートル・ワシーリエヴィチにお願いするわ」（ピョートル・ワシーリエヴィチというのは、私の父の名前です。ジナイーダが父の名を気軽にさらりと口にしたので驚きました。父が

喜んで自分の言いなりになると信じきっているみたいなのです）

「それはそれは」ベロヴゾーロフが言い返しました。「あの人と遠乗りに行こうっていうわけですか」

「あの人とだろうと、別の人だろうと、どうでもいいじゃありませんか。でも、ベロヴゾーロフさんとはご一緒しません」

「私とはご一緒してくださらない」ベロヴゾーロフが繰り返しました。「どうぞお好きなように。しかたありません。でも馬は手に入れてあげましょう」

「ただ、いいこと、牛みたいなのはいやよ。あらかじめお断りしておきますけど、ギャロップで飛ばしたいんですから」

「まあ、ギャロップもいいでしょうけれど。いったいだれと行くんです、マレフスキーですか」

「マレフスキー伯爵と行っちゃいけないの、軍人さん。でも安心なさって」ジナイーダはつけ加えました。「だから、そんなに目をぎらぎらさせて睨みつけないでくださらない。あなたもお誘いするわ。今じゃマレフスキーさんなんか、あかんべえよ！」

と言って頭を振りました。

「そんなことを言って、私を慰《なぐさ》めようというんですね」ベロヴゾーロフがつぶやきます。

ジナイーダは目を細めました。

「そんなことが慰めになるんですか。まあ、まあ、まあ……軍人さんったら！」他に言葉が見つからないといったように、ようやくジナイーダはそう言いました。「ムッシュー・ヴォルデマールは、私たちといっしょにいらっしゃる？」

「僕は、あまり好きじゃないんです、大勢いるのは」私は目をあげずにつぶやきました。

「一対一でふたりだけのほうがいいのね。どうぞご自由になさいな」ジナイーダは溜め息をついて言った。「さあ、ベロヴゾーロフさん、出かけて一肌ぬいできてください。明日までに馬が要るんです」

「とんでもない。いったいお金はどうするつもりなの」公爵夫人が話に割って入りました。

ジナイーダは眉をひそめます。

「お母様には頼まないわ。ベロヴゾーロフさんが私を信用して貸してくださるのよ」

「貸してくださる、貸してくださる」夫人はぶつぶつ言っていたと思ったら、急に思いきり大きな声で叫びました。「ドゥニャーシカ！」

「お母様、呼び鈴をあげたじゃない」ジナイーダがなじるように言います。

「ドゥニャーシカ！」老夫人はまた怒鳴りました。

ベロヴゾーロフが別れを告げたので、私もいっしょに辞去しましたが、ジナイーダは引き止めませんでした。

14

翌朝は早く起き、木の枝を一本折って杖に見立て、カルーガ門のむこうに出かけました。散歩にでも出て憂さ晴らしをしようと思ったのです。天気はすばらしく、日ざしが明るくて、さほど暑くもありません。気持ちのいいさわやかな風が、そよそよとほどよい音をたて地上をたわむれまわり、あらゆるものをなびかせていますが、それでいてのどかな光景を乱すということが少しもありません。

私は長いこと山や森をさまよい歩きました。自分を幸福だと感じていたわけではありません。憂いにひたるつもりで家を出たのですが、若さ、素晴らしい天気、すがすがしい空気、早足で歩く爽快さ、生い茂る草にひとり寝ころんで感じる安らぎ——これらが作用したのでしょう、忘れがたいあの言葉、あのキスの思い出がまた心によみがえってきます。あの人だってともかく僕の勇気や勇敢な行動をそれなりに認めないわけにはいかないだろう、と思うと嬉しくなるのでした。

「他のやつらが僕より勝って見えるとしても、そんなのかまうもんか！　それより、みんなはただ、やりますと口先で言うだけだけれど、僕は本当にやってみせたんだ！　あの人のためなら、もっとすごいことだってできる」と思い、さまざまな空想をめぐらせました。

敵の手からジナイーダを救う自分、全身血まみれになって牢獄から助け出す自分、ジナイーダの足元で死んでいく自分。わが家の居間にかかっている絵も思い出しました。マレク・アデルがマティルダを奪い去るところを描いた絵です。

でも、ちょうどそのとき、大きなまだらのキツツキがあらわれたので、それに気をとられてしまいました。キツツキは白樺の細い幹をせかせかとのぼっていくのですが、幹のかげから心配そうに右を見たり左を覗いたりするので、まるでコントラバスの首の横から演奏家が顔を出しているように見えました。

それから私は『雪は白くあらねど』を歌いだしましたが、いつのまにか当時よく知られていたロマンス『そよ風のたわむれに君を待てば』に変わっていました。ホミャコフの韻文悲劇『エルマーク』に、ドン・コサックの首領エルマークが星に呼びかける言葉がありますが、それを大きな声で朗誦しました。自分でも感傷的な詩を何か作ってみたくなり、締めくくりの一行を「おお、ジナイーダ、ジナイーダ！」にしようというところまで思いついたのですが、結局うまくいきませんでした。

そうこうするうちに昼食の時間になったので、谷のほうにおりていきました。狭い砂の小道が谷あいを通って町まで続いています。この小道を歩いていると……うしろから馬の蹄《ひづめ》のにぶい音が聞こえてきました。振り返った私は、思わず足を止めて帽子をとりました。

父とジナイーダです。ふたり並んで馬を進めているではありませんか。父は片手を馬の首にかけ、体ごとジナイーダのほうに乗りだして何か話しかけ笑っています。ジナイーダは頑なに目を伏せ、唇を嚙んだまま、じっと黙って父の言うことを聞いています。はじめはふたりの姿しか目に入らなかったのですが、少しすると、カーブした谷のむこうから軽騎兵の軍服を着こみマントをつけたベロヴゾーロフが黒毛の馬にまたがって姿をあらわしました。良馬なのでしょうが、泡を吹いて首を振り、鼻を鳴らして跳ねており、乗っているほうは馬をなだめたり拍車をかけたりしています。私は道の脇にどきました。

父が手綱を引いてジナイーダから離れると、ジナイーダがゆっくり父のほうに目をあげました。そしてふたりして馬を走らせました。ベロヴゾーロフがサーベルをがちゃがちゃいわせて、その後を追っていきます。私はこう思いました。「ベロヴゾーロフのやつ、茹《ゆ》でダコみたいに真っ赤な顔をしている。それにひきかえジナイーダは……どうしてあんなに青白い顔をしているんだろう。午前中ずっと馬を乗りまわしていたのに真っ青だなんて」

足を速めて急いで家に帰り、食事にぎりぎりで間にあいました。父はもう着替えて顔を洗い、さっぱりした様子で母の肘掛け椅子のそばにすわり、いつもながらの落ちついたいい声で母にフランス語の新聞『討論』紙の世相戯評欄を読んで聞かせています。母はいちおう聞いてはいましたが、上の空で、私を見るなり、一日じゅうどこに雲隠れしていたのかと聞き、どこのだれだかわからない人と、わけのわからないところをほっつき歩くのは感心しないと付け加えました。「でもひとりで散歩していたんですよ」そう答えようと思ったのですが、ふと父の顔を見て、なぜか口をつぐんでしまいました。

15

それから五、六日のあいだ、ジナイーダとはほとんど顔を合わせませんでした。病気だということでしたが、だからといって、常連たちが代わる代わる離れでいわゆる「当直」するのをやめたわけではありません。ただ、ひとり詩人のマイダーノフだけは、熱狂的に気持ちを高ぶらせる機会がなくなって気落ちし、つまらなくなったのか、来なくなりましたけれど。ベロヴゾーロフは軍服のボタンを全部きっちりかけ、無愛想な赤い顔をして隅にすわっています。

マレフスキー伯爵は、整った顔にたえず意地の悪そうなほほえみを浮かべています。今やすっかりジナイーダの機嫌を損ねてしまった伯爵は、やけに精を出して老公爵夫人に取り入るようになり、馬車を雇って夫人といっしょに県知事のところまで出かけていったりしました。もっとも、せっかく行ったのにうまくいかなかったどころか、不愉快な目にあったようです。かつてどこかの鉄道関係の士官たちとのあいだにいざこざがあったことを持ち出されたマレフスキーは、「あの時は青二才でしたので」と釈明せざるをえなくなったということです。

ルーシンは日に二度ほどやってきましたが、あまり長居しなくなりました。最後に言い合いをしてからというもの、私は少しルーシンのことを怖い人だと思うようになりましたが、同時に、心から惹きつけられるような魅力も感じるようになっていました。あるとき、ふたりでネスクーシヌィ公園を散歩しに行きました。ルーシンはとてもやさしく親切で、いろいろな草や花の名前や特徴を教えてくれたのですが、とつぜん、言ってみれば「藪《やぶ》から棒に」自分の額をぴしゃりと叩いてこう叫びました。「ああ、俺は馬鹿だった。あの人のことをただの色好みと思っていたなんて！　自分を犠牲にすることに喜びを感じる人がいるんだなあ」

「それは、どういうことですか」と私は聞きました。

「話したくありませんね」ルーシンはぶっきらぼうに答えました。

ジナイーダは私を避けているようでした。私の姿を目にすると気が重くなるらしく（そのことにはいやでも気づかされてしまいます）、無意識のうちに私から顔をそむけるのです。そう、無意識のうちに――それが何よりも辛くて、胸が引き裂かれそうでした。でも、どうすることもできず、なるべくジナイーダの目にとまらないようにして、ただ遠くからそっと見守っていようと思ったのですが、いつもうまくいくとは限りませんでした。ジナイーダの様子はあいかわらず不可解です。顔つきまで変わり、すっかり別人のようになってしまいました。

とりわけジナイーダの身に生じた変化で驚いたのは、ある暖かい日の静かな夕暮れ、ニワトコが大きく枝を広げた下で、低いベンチに腰かけていたときのことです。ジナイーダの部屋の窓が見えるので、ここは私の好きな場所でした。じっとすわっていると、頭の上あたり、すっかり暗くなった葉陰で小さな鳥が一羽せわしなく動いているのがわかります。灰色の猫が背中を伸ばし、用心深く庭に忍びこんできました。空気はもう明るくないけれどまだ透明感が残っていて、今年初めてのコガネムシが数匹ぶんぶんうなり声をあげています。私はすわったまま、窓が開かないものかとそちらを見つめて待ち焦がれていました。

するとどうでしょう。本当に窓が開き、ジナイーダが姿をあらわしたのです。白いドレスを着ていて、顔も肩も腕も、何もかも真っ白です。長いことじっとそのままの格好で、ひそめた眉の下からひたと前を見つめています。ジナイーダがこんな思いつめたような眼差しをしていたことはかつてありませんでした。しばらくすると、両手をぎゅっと強く組みあわせ、それを唇へ、それから額へと持っていきましたが、不意に指を解《ほど》くと、両耳にかかっていた髪をうしろに払い、何か思いきった様子で首を縦に振り、窓をばたんと閉めたのです。

三日ほど経ってから庭でジナイーダに会いました。私は脇によけようと思ったのですが、ジナイーダのほうから私を押しとどめました。

「手を貸してくださらない」以前のやさしい声で言いました。「ずいぶん長いことおしゃべりしていなかったわね」

ジナイーダの顔を見ると、目が穏やかに輝き、顔はほほえんでいて、まるで靄《もや》がかかっているように見えます。

「まだ具合が悪いんですか」と私は聞きました。

「いいえ、もうすっかりよくなりました」と答えたジナイーダは、小さな赤いバラの花を摘みとりました。「少し疲れているけれど、それもきっと治るわ」

「そうしたら、また前のようになってくださるんですね」

ジナイーダがバラの花を顔の近くに持っていったので、鮮やかな花びらの色がその頬に映って頬を赤く染めたように思いました。

「私、そんなに変わったかしら」ジナイーダが聞きます。

「ええ、変わりました」私は小声で答えました。

「あなたに冷たくしたわね、それはわかっています。でも、そんなの気にすることはなかったのよ。私はああすることしかできなかったんですもの。さあ、こんなこと話したって何にもならないわ」

「僕に愛されるのがいやなんだ、そうでしょう」自分でも気持ちが高ぶるのを抑えられず、私は暗い声で叫びました。

「いいえ、そうじゃないけれど、前とは違ったふうに愛してほしいの」

「違ったふうっていったって」

「お友達になりましょう、それがいいの！」ジナイーダは私にバラの花の匂いを嗅がせました。「だって、そうでしょ、私のほうがずっと年上なんですもの。あなたのおばさんになってもおかしくないでしょ、ほんとに。まあ、おばさんじゃなくても、お姉さんくらいにはなれるわ。でもあなたは……」

「僕は、あなたから見れば、どうせほんの子供なんでしょう」私は口をはさみました。「そう、子供よ。でも可愛くてお利口さんで、大好きないい子。ねえ、いい、今日から少年侍従に取りたててあげましょう。忘れちゃだめよ、侍従っていうのは、ご主人様のそばを離れてはいけないんですからね。さあ、これが新しい称号のしるしです」そう言いながらジナイーダは、私の上着のボタン穴にバラを挿しました。「私が可愛がっているというしるしです」

「前はもっと別なふうに可愛がってくれたのに」とつぶやくと、

「まあ」ジナイーダはそう言って、横からこちらの顔を覗きました。「この人ったら、なんて物覚えがいいんでしょう。しようがないわね。今だって可愛がってあげるわ」

そして私のほうにかがみこみ、額に、清らかで穏やかなキスをしてくれました。

私がジナイーダのほうを見るや、彼女は顔をそむけて「ついていらっしゃい、侍従さん」と言うなり、離れのほうに歩きだしました。私はあとを追いながら、「このしとやかで考え深そうな人が、前から知っている同じジナイーダなのだろうか」と不思議でなりませんでした。足取りまで物静かになったように感じられ、体つきもいっそう堂々と、いっそう均整がとれてきたような気がしました。

すると、なんということでしょう！　私の胸の中で、愛が新たな勢いで燃えあがったのです。

16

食事の後、離れにまた客が集まり、ジナイーダも出てきて加わりました。初めてここを訪れた、あの忘れがたい夜と同じく、常連が一人も欠けずにみなそろいました。ニルマツキーまでのこのこやって来ました。この日だれよりも早くやってきたマイダーノフは、新しく書いた詩を持参しています。またしても罰金ゲームが始まりましたが、以前のような変な悪ふざけも、悪戯も、どんちゃん騒ぎもありませんでした。ジプシー的なところは跡形もなく消えたのです。

集まりの雰囲気を一新したのはジナイーダです。私は侍従の権利で、彼女の横にすわらせてもらいました。やがて、罰を受けることになった人は自分がどんな夢を見たか話すことにしましょうとジナイーダが提案したのですが、これはうまくいきませんでした。夢の内容が面白くないか（ベロヴゾーロフは、自分の馬に餌《えさ》としてフナをやったら、馬の頭が木になっていた夢を見たといいます)、わざとらしく作り物くさいか、どちらかです。マイダーノフに長々と聞かされた夢の話などは小説もどきで、墓あり、竪琴《たてごと》を手にした天使あり、もの言う花あり、はるかかなたから聞こえてくる物音あり、というふうだったので、ジナイーダは最後まで話させずに途中で口をはさみました。

「話が作り物になった以上は、いっそのこと、めいめい作り話をすることにしましょうよ。ぜったいに自分で考えた話でなくてはいけないことにしましょう」

一番手になったのは、はたしてまたベロヴゾーロフです。

若い軽騎兵は困って、

「私は何も考えつきませんよ!」と大きな声で言いました。

それを受けてジナイーダが言いました。「そんなつまらないことおっしゃらないで! じゃ、たとえば、奥様がいると想像して、奥様とどんなふうに過ごすか話してくださらない。どこかに閉じこめてしまうかしら」

「閉じこめますね」

「そしてご自分は奥様につきっきりでいるかしら」

「つきっきりでいるにちがいありません」

「わかりました。じゃ、もし奥様がそれに飽きて裏切ったらどうなさいます」

「殺すでしょう」

「奥様が逃げてしまったら」

「追いかけていって、やっぱり殺してしまうでしょう」

「そう。じゃ、仮にですけれど、私が奥さんだったとしたら、どうなさるかしら」

ベロヴゾーロフはしばらく押し黙ってから、こう言いました。

「自殺するでしょう」

ジナイーダは笑いだしました。

「決めるのがお早いこと」

次に罰を受けることになったジナイーダは、目を天井にやって考えこんでいましたが、

「そうね、こんなのはどうかしら」と、ついに切りだしました。「私の考えた話です。絢爛《けんらん》豪華な宮殿があって、ある夏の夜、素敵な舞踏会がある、そんな場面を想像してください。この舞踏会を開いたのはうら若い女王で、いたるところに、金《きん》や大理石、

クリスタルガラス、絹、火影、花、お香、思いつくかぎりの贅沢が見られるの」

「贅沢がお好きですか」ルーシンが遮って聞いた。

「贅沢なものは綺麗ですもの。綺麗なものならなんでも好き」

「素晴らしいものよりお好きなんですか」ルーシンが重ねて聞いた。

「なんだかもってまわったご質問で、よくわからないわ。話の腰を折らないでくださらない。それでと、舞踏会は絢爛豪華なんです。人がたくさん来ていて、みんな若い美男子。みんな大胆で、女王に首っ丈なの」

「来ている人の中に女性はいないんですか」マレフスキーが聞きます。

「いません、いいえ、待って。います」

「でも、綺麗な人はいないんでしょう」

「美女ばかり。でも、男の人はみな女王に夢中なの。女王は背が高くて、体型はすらりとしていて、黒い髪に小さな金の王冠をしている」

ジナイーダの顔を見ました。このとき私には、ジナイーダが、私たちのだれよりもずっとすぐれた存在であるような気がし、その白い額やぴくりとも動かない眉のあたりに輝くばかりの知性と威厳が漂っているのを感じて、「あなたこそその女王じゃないか！」と思ったものです。

「みんな女王のまわりに群がって、言葉を尽くして女王を褒めちぎっているの」

「すると女王様はお世辞がお好きなんですね」とルーシンが聞きました。

「まったくいやになるわ、この人は。邪魔ばかりして。お世辞の嫌いな人なんていませんよ」

「最後にもうひとつ質問があります」今度はマレフスキーです。「女王には夫はいるんでしょうか」

「そんなこと、考えもしなかったけれど。いません。夫なんか要らないでしょう」

「もちろんです、夫なんか要るもんですか」マレフスキーが相槌《あいづち》を打ちました。

「静かに」フランス語の得意でないマイダーノフが、フランス語で制しました。

「ありがとう」ジナイーダがマイダーノフに言います。「それで、女王はそうした言葉に耳を貸したり音楽を聞いたりしているけれど、じつは客のだれにも目をくれようとしない。窓が六つ、上から下まで、天井から床まで開け放たれていて、窓のむこうには、大きな星をちりばめた空と大きな木々の生い茂る庭が見えている。女王が見ているのは、その庭なんです。木立のそばに噴水があって、噴き上げられた水が、長く長く、まるで亡霊のように、暗闇の中でほの白く浮かびあがっている。女王の耳には、話し声や音楽のあいだをぬって静かな水しぶきの音が聞こえるの。

庭のほうをじっと見つめながら女王はこんなふうに考えます。あなた方は揃いも揃って気高く、頭もよくて、お金持ち。私を取り巻いて、私のひと言ひと言を重んじてくださり、いつでも私の足元で死ぬ覚悟がおありです。だから私があなた方を支配している。でも、噴水のそば、さらさらと音をたてている水のわきにたたずみ、私を待っている人がいて、その人こそ私の愛する人、私を支配する人なのです。豪華な服を着ているわけでもなく、高価な宝石を持っているわけでもない。だれもその人のことを知る者はいない。でも、私を待ち続け、かならず私が自分のところにやってくるものと信じている。

そう、私はその人のもとに行きます。私が行きたいと思ったら最後、だれにも私を引き止める力などあるはずはないのですから。その人のもとに行って、いつまでもいっしょにいます。その人といっしょに、庭の暗がりで木立がそよぎ、噴水が音を立てるなかへと姿を消します」

ジナイーダは口をつぐみました。

「今のは作り話なんですか」マレフスキーがうがったことを言いました。

ジナイーダはそちらを見ようともしません。

「みなさん」ルーシンが不意に口を切りました。「もし仮に、私たちがその舞踏会の客だったとして、噴水のそばにたたずむ幸せ者のことを知っているとしたら、どうするでしょうかね」

「待って、待ってください」ジナイーダが遮りました。「どういう振る舞いをなさるか、私がおひとりおひとりについて言ってみましょう。ベロヴゾーロフさんは、決闘を申しこむでしょうね。マイダーノフさんは、その人のことを皮肉った寸鉄詩《エピグラム》を書くでしょう。いえ、そうじゃないわ、寸鉄詩はお書きになれないから、バルビエ風の長い詩を作って『テレグラフ』に載せるんじゃないかしら。ニルマツキーさんは、その人にお金を借りる……いえ、逆ね、お金を貸して利子を取るでしょう。ドクターは」ここでジナイーダは言いよどみました。「どうなさるか見当がつかないわ」

「侍医として女王に進言するでしょう。客どころではないときに舞踏会など開かれませんように、と」ルーシンが答えました。

「なるほど、おっしゃるとおりかもしれませんね。それじゃ伯爵は」

「私ですか」マレフスキーは意地悪そうな薄笑いを浮かべて言い返しました。

「伯爵は、毒入りキャンディを贈るんじゃないかしら」

マレフスキーの顔がわずかに歪み、ユダヤ人のような表情になりましたが、すぐに声をたてて笑いだしました。

「ヴォルデマールさんはといえば」ジナイーダが続けて言います。「でももういいわ。何か別のことをして遊びましょう」

「ムッシュー・ヴォルデマールは、少年侍従として、女王様が庭に駆け出るとき、ドレスの裾を捧げ持つでしょうな」マレフスキーの言い方には棘《とげ》がありました。

私はかっとしましたが、ジナイーダが私の肩にさっと手を置き、椅子から少し腰を浮かせ、かすかに震える声で言いました。

「伯爵、そんな厚かましい態度をとることを許したおぼえは一度もありません。ですから、どうぞ出て行ってください」そしてドアを指差しました。

「とんでもない」マレフスキーはそうつぶやきましたが、真っ青です。

「お嬢さんの言われるとおりだ」ベロヴゾーロフが叫び、やはり腰をあげます。

「本当に思いもよりませんでした」マレフスキーが続けます。「私の言葉にそんな失礼があるとは思いませんでした……。侮辱しようなんて考えもありませんでした。お許しください」

ジナイーダは冷ややかに一瞥して、冷たい薄笑いをもらし、「まあ、それなら、ここにいらしてもいいことにしましょうか」と、投げやりな感じで手を振って言いました。「私もムッシュー・ヴォルデマールも、つまらないことで怒ったものだわ。伯爵は人を傷つけるようなことをおっしゃるのが楽しいんでしょ。どうぞお好きなように」

「どうか許してください」マレフスキーはもう一度謝りました。私は、先ほどのジナイーダの動作を思い浮かべて、本物の女王でも、あれほどの威厳をもって無礼者にドアを指し示すことはできないだろうと改めて思いました。

この一悶着《ひともんちゃく》がおさまったあとは、罰金ゲームも長くは続きませんでした。全員がなんとなく居心地の悪さを感じるようになったのは、この悶着のためというよりは、どこかはっきりしない別の重苦しい感情のためだったのではないでしょうか。ひとりとしてそのことを口にする人はいませんでしたが、だれもが、自分にも隣に居合わせる人にも、この感情が渦巻いていることを感じていたのでしょう。マイダーノフがみなに自作の詩を読んで聞かせ、マレフスキーが大げさなほど熱烈に褒めちぎりました。「あいつは素直なところを見せようと必死なんですよ」ルーシンが私に囁きました。まもなく散会になりました。ジナイーダは急に物思いに沈んでしまうし、公爵夫人は頭が痛いと言ってよこし、ニルマツキーはリューマチが痛むと愚痴を言い出したからです。

私は長いあいだ寝つけませんでした。ジナイーダの話を聞いて、心が騒いでいたのです。

「本当にあの話には暗示があるのだろうか」私は自分自身に問いかけました。「だとしたら、いったいだれのことを言っているのだ、何をほのめかしているのだ。もし何か暗示するものがあるとしても、どうしてそんな思いきったことができるんだろう。いや、いや、そんなはずはない」寝返りを打ち、熱くほてった頰をかわるがわる枕にあてながら、ひとりでつぶやきました。

でも、話をしていたときのジナイーダの表情を思い出し、ネスクーシヌィ公園でルーシンの口からほとばしりでた言葉を思い起こし、私に対するジナイーダの態度がとつぜん変わったことを思い浮かべているうちに、何をどう考えたらいいのかわからなくなってきました。「だれなんだ」という言葉が、暗闇の中にくっきりと印《しる》されて私の目の前に立ちはだかっているようでした。不吉な雲が頭のすぐ上に低く垂れこめているようで押しつぶされそうな気がした私は、その雲が激しい嵐に変わるのを今か今かと待ち受けていました。

そのころになると、私もたいていのことには慣れてしまっていました。ザセーキン家でいろいろなことをさんざん見聞きしていたからです。一家のだらしない生活、安物の蠟燭、折れたナイフやフォーク、陰気なヴォニファーチイ、うす汚れた古い服を着た小間使いたち、公爵夫人自身の態度。こうした奇妙な暮らしにも、もういちいち驚かなくなっていたのです。

でも、ジナイーダの身に何か変化が起こっていることがおぼろげながら感じられるのですが、それにはなんとしても慣れることができません。いつか母がジナイーダのことを「男たらし《アヴァンチュリエルカ》」と言ったことがありました。その男たらしのジナイーダが、私の偶像、私の女神なのです！　この罵《ののし》り言葉に私は胸を痛め、なんとか逃れようと枕に顔を埋め、無性に腹を立てましたが、そのいっぽうで、噴水のそばの幸せ者になれるのならどんなことでもし、どんなものでも投げだしたにちがいありません！

血が燃えあがり、沸きたちました。「庭……噴水……庭に行ってみようか」と考えました。手早く着替えて、そっと家を抜け出しました。夜の闇は濃く、木々がかすかにそよいでいます。夜空から静かに冷気がおりてきて、菜園からウイキョウの匂いが漂ってきます。私はどの並木道もすっかり歩きつくしました。自分自身の軽やかな足音を耳にして、とまどいを感じるとともに、勇気づけられたこともたしかです。ときどき立ち止まっては、何か起こらないかと待ち受け、自分の心臓が早鐘のようにどきどき打つのを聞きました。ついに垣根のそばまできて、細い横木にもたれかかりました。

するととつぜん（それとも気のせいでしょうか）、数歩離れたところを女性の姿がちらとよぎったのです。闇の中に目を凝らし、息をひそめました。あれは何だろう。聞こえるのはだれかの足音なのか、それとも自分自身の心臓の鼓動なのか。「そこにいるのはだれだ」とつぶやいてみたものの、かろうじて聞き取れるか聞き取れないかといった声でした。今度はなんだろう。押し殺した笑い声か。それとも木の葉のそよぐ音か。それとも耳元にもらされた溜め息なのか。私は怖くなりました。「そこにいるのはだれだ」といっそう小さな声で繰り返していました。

ほんの一瞬、大気に流れが感じられ、光の筋が空に輝きました。流れ星です。「ジナイーダなの」と聞こうとしましたが、声になりません。ふと気がつくと、真夜中によくあることですが、あたりがすっかり静まり返っています。木立のコオロギまで鳴きやみ、どこかで窓のがたんという音が聞こえるだけです。しばらくじっとたたずんでいましたが、やがて自室の冷えきったベッドに戻りました。異様なほどの興奮を味わっていました。まるで、逢いびきに行ったのに待ちぼうけを食わされ、人が幸福でいるかたわらを素通りしてきたような気分でした。

17

翌日はジナイーダの姿をほんのちらりと見かけただけです。公爵夫人と馬車でどこかに出かけるところでした。そのかわりルーシンに会いましたが、ろくに挨拶もしてくれません。マレフスキーにも会いましたが、こちらはやけに大きく口をあけて笑い、私に愛想よく話しかけてきました。離れの常連客のなかでわが家に出入りしていたのはこの若い伯爵ひとりで、母にも気に入られていました。父のほうはマレフスキーのことをよく思っておらず、慇懃無礼な態度で接していました。

「ああ、ムッシュー・侍従！　ご機嫌いかがですかな。麗しき女王様は何をしておいでです」

そう言うマレフスキーの生気にあふれた端整な顔が、そのとき私にはひどくいまわしく思えました。しかも、人を見下すような、からかうような目つきでこちらを見るので、私は一言も言葉を返しませんでした。

「まだ怒ってるんですか」とマレフスキーは続けます。「そんなの意味ないですよ。だいたい侍従と名づけたのは僕じゃないんだし、それに侍従というのはいつもかならず女王様に付き添っているものでしょ。でも言わせてもらえば、どうも君は自分の職務をきちんとこなしていないようですね」

「どういうことです」

「侍従というのは、女王様につきっきりで離れてはいけないんです。女王様が何をなさっているかすべて知っていなければならないし、女王様のことを見張っていなければならないこともあるんですよ」伯爵はそう付け加えて声を落としました。「昼も夜もね」

「どういう意味ですか」

「どういう意味かですって。はっきり言っているつもりですがね。昼も夜もということですよ。とはいえ、昼はなんのかんの言って、明るいし人の目もありますからまだいいけれど、夜はどんなあやしいことが起こるかわかったものじゃない。夜ごと寝ないで見張りをするようお勧めしますよ。一生懸命見張ってごらんなさい。覚えているでしょう、庭、夜、噴水のそば。そういうところで待ち伏せするんですね。そのうち僕に感謝したくなるでしょうよ」

マレフスキーは声をあげて笑い、くるりと背を向けました。おそらく自分の言ったことにたいした意味があるとも思っていないのでしょう。人をかつぐのがうまいというのがもっぱらの評判で、仮装舞踏会で人々をたぶらかし笑いものにする才にたけているというので名を馳せていましたが、それは全身全霊に、うそ偽りがほとんど無意識のうちにしみこんでしまっているためなのです。

伯爵は私をからかおうと思っただけなのでしょうが、その一言一句が毒となって私の血管という血管を駆けめぐりました。血がかっと頭にのぼりました。「ああ、そうだったのか！」ひとりごとを言っていました。「わかった！　それならば、昨日の予感は当たっていたんだ！　なんとなく庭に引き寄せられたのもそれなりの理由があったんだ！　そんなことあってたまるか！」私は大声で叫び、胸をこぶしでどんと叩きましたが、そのくせいったい何があってたまるか、なのかということになると、自分でも見当がつかないのでした。

こう考えました。「マレフスキー自身が庭にお出ましになるのか（うっかり口を滑らしたのかもしれません、図々しいやつだからそういうこともやりかねません）、だれか別の男か（庭を囲っている塀はとても低いので、やすやすと乗りこえて入ってこられます）、でも僕と鉢合わせするやつがいたら、ただじゃすまないからな！　だれも僕と出会わないよう、せいぜい気をつけることだ。僕だって復讐《ふくしゅう》しようと思えばできるってことを、世間と裏切り者のあの人に見せてやる（私はジナイーダのことを裏切り者と決めこんだわけです）」

自分の部屋に引き返すと、買ったばかりのイギリス製ナイフを机の中から取り出し、鋭い刃先にそっと触れてみました。そして眉をひそめた私は、思いつめ、冷ややかな決意を固めてナイフをポケットに入れました。うわべだけ見れば、こんなことは驚くことでもなければ初めてでもない、といった態度に見えたでしょう。恨めしさが高じて心が石のようになっていました。夜更けになるまで、眉はひそめたまま、唇はぎゅっと結んだまま、ポケットの中で燃えるように熱くなっているナイフを握りしめて、ひっきりなしに部屋をあちこち歩きまわっていました。何か恐ろしいことが起こった場合にそなえて、あらかじめ心の準備をしていたのかもしれません。

こうした感覚はそれまで一度も経験したことのないものだったので、私はひどく心を奪われ、けっこう楽しい気分にさえなり、肝心のジナイーダについてはあまり考えなかったくらいです。

たえずこんなセリフが浮かんできます。若いジプシーのアレーコです。「どこに行くんだ、色男め。さあ寝ていろ」すると「全身血まみれじゃない！　ああ、あなた、いったい何をしたの」「何にも」というやりとりです。この「何にも」という言葉を繰り返しながら、私は薄笑いを浮かべていました。なんて残忍な笑い方だったでしょう！　そのとき父は留守でした。家にいた母は、少し前からしょっちゅうイライラした気持ちを募らせていたようですが、私のただならぬ様子に気づいて、夕食の席についたとき「なんでそんな苦虫を嚙みつぶしたようなしかめ面しているの」と言いました。私は返事のかわりに、にやりと鷹揚に笑い返しただけですが、心の内では「もし本当のことを知ったら何と言うだろう」と思いました。

時計が一一時を打ちました。自分の部屋に戻りましたが、服は着替えず、真夜中になるのを待ちかまえていると、ついに一二時を知らせる時計の音がしました。「いよいよだ」嚙みしめた歯のあいだから押し出すようにそうつぶやき、上着のボタンを一番上までかけ、袖までまくりあげて庭に行きました。

見張りをする場所は、前もって決めてあります。母屋の庭とザセーキン家の庭を隔てている垣根が、両家に共通の塀につきあたるあたり、つまり庭のはずれに、モミの木がぽつんと一本生えていました。低く生い茂ったその枝のかげに立っていれば、夜陰にまぎれてしまわないかぎり、まわりで起こることがよく見えたのです。くねくねした小道が通っていて、いつも謎めいているように感じられたものです。小道は蛇のように垣根の下を這っており（垣根を乗り越える際についたとおぼしき足跡がありました）、アカシアの木ばかりでできた丸い四阿《あずまや》のほうに伸びていました。私はモミの木のところまで行き、幹に寄りかかって見張りを始めました。

前日と同じく静かな夜でしたが、空にかかる雲はずっと少なかったので、まわりに茂っている灌木《かんぼく》の輪郭だけでなく、背の高い草花の輪郭まで、前の晩よりはっきり見えます。待ち伏せを始めてしばらくは、悩ましく、恐ろしさを感じました。どんなことでもする覚悟でしたが、ただどういう態度をとったらいいのか思いあぐねていました。「どこへ行くんだ。待て！　白状しろ、さもないと殺すぞ！」とどなりつけてやろうか、それともひと思いに刺してしまおうか。少しでも物音がしたり、わずかでもかさこそ枝や葉の音がすると、それだけで何か意味ありげで異常なことのように思えます。

いつ何が起こってもいいよう身構え、上体を傾けていましたが、三〇分経ち、一時間経つうち、たぎっていた血もしだいにおさまり、落ちつきを取り戻してきました。こんなことをしたって無駄だ、われながら少し可笑しい、マレフスキーにしてやられたのではないかという気持ちが膨らみはじめたのです。

そこで待ち伏せをやめ、庭を一周しました。折もあろうに、どこからも何の物音も聞こえてきません。あたりは何もかもひっそりと静まりかえり、わが家の犬まで木戸のそばで体を丸めて寝ています。私は廃墟になっている温室によじのぼり、はるか遠くに広がる野原を目にして、ここでジナイーダに会ったときのことを思い出し感慨にふけっていました。

そのときです、体がぶるっと震えたのは。ぎいとドアの開く音がして、小枝の折れる音がかすかに聞こえたような気がしたのです。廃墟から二段飛びで飛び降りた私は、その場で動けなくなってしまいました。軽やかできびきびした、それでいて用心深い足音が庭にはっきり響きわたったからです。しかもこちらに向ってきます。「あらわれた！　とうとう来たな！」という思いが胸をよぎりました。わなわなと震える手で飛び出しナイフをポケットから取り出して、開きました。目の前に赤い火花が渦巻き、恐怖と憎らしさのあまり髪が逆立つ思いでした。足音はまっすぐこちらに向ってきます。私はかがみこみ、足音のするほうに首をのばしました。

男が姿をあらわしました……すると、なんということでしょう！　それは父だったのです！

黒っぽいコートにすっぽり身をくるみ、帽子を目深にかぶっていますが、すぐに父だとわかりました。父は爪先立ちでそっとそばを通り過ぎていきました。私は隠れていたというわけではないのですが、地面に這いつくばるようにして小さく身を縮めていたので、気づかれませんでした。嫉妬に狂い、人殺しをもしかねない勢いだったオセロが、たちまちただの生徒に戻ってしまいました。父があらわれたことにひどく仰天した私は、初めのうち、父がどこから出てきてどこに消えたのかということにすら気がまわらなかったほどです。

やっとのことで身を起こし姿勢をただして「どうして父さんは夜なのに庭を歩きまわっているんだろう」と考えたのは、ふたたびあたりがしーんと静まり返ってからのことです。恐怖のあまりナイフを草の中に取り落としてしまいましたが、見つけようという気にもなりません。恥ずかしくてたまりませんでした。

一気に酔いがさめたように思い、家に戻りかけましたが、ニワトコの茂みの下にあるいつものベンチのそばまできて、ふとジナイーダの寝室の窓を見上げると、いくらか反り気味の小さな窓ガラスが、夜空から降りかかる淡い光を受けて、ぼんやり青みがかっています。

すると、みるみるうちにガラスの色が変わり、ガラスのむこうで――そう、この目ではっきり見たのです――白っぽい巻きカーテンが用心深くするするとおろされ、窓の下までぴっちりおりきると、そのまま動かなくなりました。

いつのまにか自分の部屋に戻っていた私は、「いったいどういうことだろう」と思わず声に出してつぶやいていました。「夢か、偶然か、それとも……」突如として頭に浮かんだ憶測があまりに意外で異様なものだったので、それ以上あえて想像をめぐらす気にもなりませんでした。

18

翌朝、起きると頭痛がしました。前の晩の興奮はすっかり影をひそめていましたが、そのかわり、どうしていいかわからない重苦しさと、いまだ経験したことのないような寂しさに襲われ、まるで自分の中で何かが死んでいくような気分です。

「脳みそを半分抜き取られたウサギみたいな目をしていますね」と、顔を合わせたルーシンに言われました。

朝食のテーブルについたとき、かわるがわる父と母の様子を盗み見ました。父は例によって落ちつきはらっており、母は母で例によっていらつく気持ちを押し隠しているようです。父がときどきしてくれるように、その日も私に親しく言葉をかけてくれないものかと心待ちにしましたが、日頃の冷たいながらもやさしい素振りさえ見せてくれません。「何もかもジナイーダに打ち明けようか」と考えました。「こうなったら、どっちみち同じことじゃないか、どっちみちもう僕たちは終わりなんだから」

そしてジナイーダのところに行きましたが、「打ち明ける」どころか、おしゃべりも思うようにできませんでした。というのは、公爵夫人のもとに、ペテルブルクの陸軍幼年学校に行っている一二歳くらいの息子、つまりジナイーダの弟が、休暇でやってきていたからです。私が行くとすぐにジナイーダは弟を私に預けたのです。

「さあ、お願い、私のヴォロージャ（ジナイーダが私のことをこんなふうに呼んだのは初めてです）。お友達になってね。弟もヴォロージャっていうの。どうか可愛がってやってください。はにかみ屋だけれど、根はいい子よ。ネスクーシヌィ公園を案内して、いっしょに散歩でもしてくださらない。面倒を見てやってほしいの。ね、そうしてくださるでしょ。あなたって、とってもいい人ですもの！」

ジナイーダが私の肩にやさしく両手をかけるので、私はすっかりどぎまぎしてしまいました。この少年がやってきたおかげで、私まで子供になってしまったみたいです。黙って少年を見つめると、相手も口をつぐんだままじっと私のことを見返します。ジナイーダは声をあげて笑い、私たちふたりの体をぶつけあわせました。

「さあ、抱きあって。いい子だから！」

私たちは抱きあいました。

「よかったら庭に出ましょうか」と私が聞くと、

「承知しました」いかにも幼年学校の生徒らしいかすれた声で答えます。また大きな声で笑いだしたジナイーダの顔が赤らみました。私はとっさに、これほど素敵に頰を染めたところは見たことがないなと思いました。それから少年とふたりで出かけました。母屋の庭には、古びたブランコがあったので、細い板の部分にすわらせ、ブランコを漕《こ》いでやりました。少年は、太い金モールのついた、厚地のラシャ製の真新しい制服を着ていましたが、おとなしくすわって綱をぎゅっと握っています。

「襟のボタンをはずしたらどうです」と言ってやりましたが、

「大丈夫です。慣れていますから」と答えて、軽く咳払いをするのでした。

姉によく似ており、とくに目などそっくりです。少年の面倒を見てやることが楽しい反面、疼くような悲しみがじわじわと胸にこみあげてきました。「これじゃ、僕もまるで子供だな、昨日は別人のようだったのに」と思い、前日ナイフを落とした場所を思い出して、探しだしました。少年がナイフを貸してほしいというので与えると、セリの太い茎《くき》を折り、上手に削って笛にして吹き始めました。オセロも吹いてみました。

ところが夜になって、この同じオセロがジナイーダの腕の中で激しく泣きじゃくったとは。庭の片隅にうずくまっているところをジナイーダに見つけられ、何がそんなに悲しいの、と聞かれたからです。涙があまりに勢いよくほとばしり出るので、ジナイーダは驚いてしまったようです。

「どうしたの、どうしたの、ヴォロージャ」ジナイーダは繰り返し聞き、私が返事もしなければ泣きやみもしないのを見て、濡れた頰にキスしようとしました。

でも私は顔をそむけ、むせび泣きしながら小声で言いました。

「何もかも知っているんです。どうして僕を弄《もてあそ》ぶようなことをしたんです。なんのために僕の愛が必要だったんです」

「私が悪かったわ、ヴォロージャ」ジナイーダが言いました。「ああ、本当にいけなかった」そう言って両手を握りしめます。「私には、うしろ暗くて、罪深くて、いけないところがたくさんあるの。でも今はもう弄んだりなんかしません。あなたのこと、愛しているんです。その理由やどんなふうに愛しているのかということは、夢にも思いつかないでしょうけれど……。それにしても、何もかもって、いったい何をご存じなの」

私に何か言うことができたでしょうか。目の前に立ってじっと私を見つめているジナイーダ。見つめられると、私は頭のてっぺんから足の先まですっかりジナイーダの虜になってしまうのです。

一五分もすると、幼年学校の生徒とジナイーダといっしょに、鬼ごっこをしていました。もう泣いてはおらず、笑っていましたが、笑うたびに腫れぼったいまぶたから涙の粒が落ちるのでした。首には、ネクタイではなく、ジナイーダのリボンが結んでありました。うまいことジナイーダの腰をつかまえたときは、嬉しくて大きな声をあげてしまいました。私はジナイーダの思うがままだったのです。

19

遠征に出かけて失敗に終わったあの夜から一週間のあいだに、自分の身に起こったことを事細かく話してみろと言われても、困りはててしまうでしょう。熱に浮かされたような奇妙な一週間で、なんだか混沌としていて、どうしようもなく矛盾した感情、考え、疑惑、希望、喜び、苦しみが嵐のように渦巻いていました。自分自身の心の中を覗いてみるのが怖かったのでしょう。まあ、一六歳の少年に自分の心を覗くことができると仮定しての話ですが。何であれ、はっきり突きとめるのが怖くて、その日その日が夜まで早く過ぎてくれるようにとそれだけを考えて過ごしていました。でも夜はぐっすり眠ることができました。ものごとの表面しか考えない子供っぽいところがかえって幸いしたのでしょう。自分が愛されているのかどうか知りたくもありませんでしたし、そうかといって、愛されていないと自ら認めるのもいやでした。

父とは顔をあわせないようにしていましたが、ジナイーダに会わずにいることはできません。ジナイーダがいると、それだけでまるで炎に焼かれているような気がしましたが、自分を燃やし溶かしていくこの炎がどういうものなのかということは私にはどうでもよく、甘くとろけるように燃えていくというところにこそ心地よさを感じていたのです。いろいろな印象にひたるようにして、自分で自分を欺いていました。つまり、思い出にも顔をそむけ、これから起こりそうだと予感されるものにも目をつぶっていたのです。こうした苦しいような物憂いような状態は、どのみちそう長くは続かなかったでしょうが、じっさいには雷のような一撃が起こってすべて一気に片がつき、私も心機一転して出なおすことになったのです。

ある日、かなり長い散歩をしたあと昼食に間にあうように帰った私は、ひとりで食事をすることになったことを知って驚きました。父はどこかに出かけてしまい、母は気分がすぐれず何も食べたくないとのことで寝室に引き取ったというのです。召使いたちの表情から、何かただならぬことが起きたのではなかろうかと察しはついたものの、あえて根掘り葉掘り問いただす気になりません。でも、ひとり親しくしているフィリップという若い給仕がいました。詩が大好きでギターもたいへん上手な男です。この男に聞くことにしました。

フィリップの話によると、父と母のあいだに、すさまじい修羅場がくりひろげられたといいます（女中部屋には何から何までひと言も余さず筒抜けだったそうです。大部分はフランス語のやり取りだったのですが、小間使いのマーシャはパリから来た仕立て屋の家に五年も住みこんでいたので、全部わかってしまいました）。母が父に向って、自分を裏切っている、隣の令嬢とつきあっているとなじると、初めのうち弁解していた父は、やがてかっとして、売り言葉に買い言葉で、「何やら奥様のお年のことで」ひどいことを言ったらしく、母は泣きだしてしまったといいます。それから母は、公爵夫人に渡したとかいう手形のことを持ちだし、公爵夫人のことをひどく悪しざまに言い、令嬢のこともこきおろしたため、父がそれに対して脅し文句を口にしたそうです。

「こんな厄介なことになったのも」とフィリップが続けます。「匿名の手紙が来たせいでして。だれが書いたものやら、とんとわかりやせんが、それさえなければ、こんなこと表沙汰になるはずもありゃしません。他に何の訳《わけ》あいもないんですから」

「じゃ、本当に何かあったの」と、やっとのことで口にしましたが、みるみるうちに手足が冷たくなり、胸の奥底で何かががくがく震えだしたような気がします。

フィリップは意味ありげに片目をつぶってみせました。

「ありましたとも。こういうことは隠しておけるもんじゃありやせん。今回は旦那様もそうとう用心深くなさいましたけど、そうはいっても、たとえば馬車を雇わなきゃならんし、なんやかやありますからね。やっぱり人手がないとなんともなりやせんから」

フィリップをさがらせ、ベッドに倒れこみました。声をあげて泣きだすことも、絶望に打ち沈むこともありませんでした。いつのことで、どんななりゆきだったのだろうと思いめぐらすこともしなければ、どうしてもっと前に、とっくに察しがつかなかったのだろうと不思議に思うこともありませんでした。父を責めようという気にさえなりません。今知ったことは自分の力ではもうどうすることもできないのだ——とつぜんそう思いいたると、すっかり打ちのめされてしまいました。もうおしまいだ、と思いました。私が咲かせていた花は、ひとつ残らず、あっというまにもぎ取られ、足元に投げ捨てられ、踏みにじられてしまったのです。

20

翌日、母が、町に戻ると言いだしました。朝、父が母の寝室に行き、長いことふたりきりで話しあっていたようです。父が母になんと言ったかはだれも聞いた者はいませんが、ともかく母は、それからはもう泣かなくなりました。落ちつきを取り戻し、食事を部屋に運ぶよう言いつけるまでになりましたが、それでも姿は見せず、町に引きあげるという決心も変えませんでした。

忘れもしません、私は一日じゅうあたりをさまよい歩きましたが、庭には足を踏み入れず、一度も離れのほうに目をやりませんでした。ところが、夕方、驚くべき出来事を目撃することになりました。父がマレフスキー伯爵の腕をとって広間から玄関のほうに連れだし、召使いが見ているにもかかわらず、冷ややかにこう言い放ったのです。

「数日前、ある家で、出て行くようにとドアを指差されたことがあったそうですね、伯爵。今は、あれこれ話しあうつもりもありませんが、失礼ながら、今度わが家においでになったあかつきには、窓から放り出しますので、そのおつもりで。あなたの字が気に食わないものですからね」伯爵は頭を下げ、唇を噛み、身を丸めて出ていきました。

モスクワに引っ越す準備が始まりました。アルバート街に私たちの家があったのです。きっと父にしたところで、それ以上、別荘にいたくなかったでしょう。とはいえ、父はどうやら、みっともない騒ぎを起こさないようにと、うまく母を説き伏せたようで、準備はすべて、穏やかにゆっくり進められました。母はわざわざ公爵夫人のもとに使いをやり、具合が悪いため出発する前にお目にかかれず残念だと伝えさせたほどです。

私は、頭がおかしくなったみたいにうろつきまわり、一刻も早く片がつきますようにと、それればかりを願っていました。ただひとつ、どうしても頭から離れない思いがありました。それはこんな思いでした。あんなに若いジナイーダが、しかも公爵令嬢ともあろう人が、どうしてこんな思いきったことをしたのだろう、父が妻子持ちであることは百も承知していたわけだし、たとえばベロヴゾーロフでもだれでも、いくらでも結婚相手などいるのに。あの人は何を期待していたのだろう。自分の行く末を台無しにするようなことをして怖くなかったのだろうか。

私は思いました。そうだ、これが本当の恋というものだ。これこそ情熱的な恋愛、献身的な愛だ。そしてルーシンの言った言葉をふと思い出しました。「自分を犠牲にすることに喜びを感じる人がいる」という言葉です。そのとき何気なく離れの窓を見ると青白いものが日にとまり、「ジナイーダの顔じゃないだろうか」と思いました。よく見ると、そのとおり、ジナイーダの顔です。私はもう我慢できなくなりました。このまま最後のさよならも言わずに別れてしまうわけにはいかないと思い、タイミングを見計らって、離れに出かけました。

客間にいた公爵夫人が私を迎え、いつもながらのだらしない、ぞんざいな挨拶をしてきました。

「どうしたわけですか、お宅はこんなに早く引きあげようっていうのですか」夫人は、嗅ぎタバコを両方の鼻の穴に詰めながら言いました。

その様子を見て、私は気が楽になりました。というのは、公爵夫人に「手形」を渡したとか渡さないとかいうフィリップの言葉が妙にひっかかって憂鬱になっていたからです。夫人にはそんな気配は少しも感じられません。少なくとも当時の私にはそう思えました。ジナイーダが隣の部屋から姿をあらわしました。黒いドレスを着て、青白い顔をしており、髪はほどいてあります。黙ったまま私の手を取って、自分の部屋にひっぱっていきました。

「声が聞こえたので、すぐに飛んできたの」ジナイーダが切りだします。「それにしても、なんてあっさり私たちを見捨ててしまうの、いけない子ね」

「お別れを言いに来たんです」私は答えました。「たぶんもう一生お会いできないと思って。聞いていらっしゃるかもしれませんが、僕たち、町に戻ることになったんです」

ジナイーダは私をじっと見つめました。

「ええ、聞きました。来てくださって、ありがとう。じつは、もう会えないんじゃないかと思っていたの。私のこと、悪く思わないでくださいね。ときどき意地悪なことをしたけれど、私、あなたが思っているような女じゃないの」

ジナイーダはふっと顔をそむけ、窓辺に身を寄せました。

「そうよ、そんなのじゃないのよ。あなたが私のことをいけない女だと思っていらっしゃるのは、わかっています」

「僕が？」

「ええ、そう……あなたよ」

「僕が？」悲しく情けない声でそう繰り返すと、ジナイーダの何とも言えない強烈な魅力に圧倒されて、以前と同じように胸が疼きだしました。「僕が、ですか？　いえ、どうか信じてください、何をなさろうと、どんなに意地悪をなさろうと、僕は死ぬまであなたを愛します。命のあるかぎり思い続けます」

ジナイーダはぱっと振りむくと、両手を大きく広げて私の頭を抱きしめました。そして私に燃えるような熱いキスをしました。この長い別れのキスが探し求めていた相手はだれなのか、それは知る由もありません。でも私は、その甘さをむさぼるように味わいました。そんなキスはもう二度とありえないことを知っていたからです。

「さようなら、さようなら」と私は繰り返しました。

ジナイーダは急に身をふりほどいて行ってしまいました。私も外に出ました。そのときの気持ちを言葉で言い表すことは、とてもできそうにありません。願わくは、そんな感情は二度と経験したくありませんが、でも、もし一生に一度も経験できないとしたら、それはそれで自分のことを不幸だと思うにちがいありません。

私たちは町に移りました。私はこの出来事の衝撃からなかなか立ち直ることができず、試験勉強もすぐには手につきませんでした。それでも傷はゆっくりと癒えていきました。

でも、父に対してはどうだったかと言うと、これっぽっちも恨《うら》めしいという気持ちが起こりませんでした。それどころか、私の目には、前よりもかえって父の姿が大きく映ったほどです。心理学者たちがこの矛盾をどんなふうに説明しようが、勝手になさるがいいでしょう。

あるとき並木道を歩いていたら、偶然ルーシンに出会い、言うに言われぬほど嬉しくなりました。ルーシンの飾り気のない誠実なところが好きでしたし、こうして顔を見ると私の心にいろいろな思い出を呼びさましてくれるので、その意味でもなつかしく思いました。彼のほうに飛んでいきました。

「ああ！」ルーシンは眉をひそめて言いました。「あなたでしたか、お若い方！　どら、顔を拝見。顔色は相変わらず黄色っぽいですが、目に以前のような濁《にご》りがなくなりました。愛玩用の子犬じゃなくて、ちゃんとした人間に見えますよ。よかった。それで、どうです？　勉強はしていますか」

私は溜め息をつきました。嘘をつく気にもならず、そうかといって、本当のことを言うのも恥ずかしかったのです。

「なあに、大丈夫ですよ」ルーシンは続けます。「怖気《おじけ》づいちゃいけない。大事なのは、まともな生活をして、何かに夢中になりすぎないよう気をつけることです。夢中になって、なんのいいことがあるものですか。いったん波に流されたら、どこに連れていかれようと、ろくなことにはならない。人間は、たとえ岩の上だろうと、しっかり立っているにしくはないのです。自分の足でね。私は咳が出てねえ……。ところで、ベロヴゾーロフのこと、聞きましたか」

「どうしたんですか。聞いていませんが」

「行方不明なんですよ。カフカスに行ったとかいう噂ですが。いい教訓になりますよ、お若い方。このあたりが潮時だと思ったら見切りをつけること、網を破ること。それができないと大変なことになる。あなたはどうやら無事に抜けだしたようですね。くれぐれも気をつけて、また網に掛からないようにしてください。それでは、失礼」

「もう掛かったりしない。あの人にはもう二度と会わないんだ」と私は思いました。

ところが、どうしためぐり合わせか、もう一度ジナイーダの姿を見かけることになったのです。

21

父は毎日、馬で外出していました。赤みがかった葦毛《あしげ》の素晴らしいイギリス馬を持っていたのです。首が細くてすらりとしていて、脚も長く、疲れを知らない気性の荒い馬で、エレクトリクといいました。父のほか、だれも乗りこなすことのできない馬です。ある日、父が上機嫌で私の部屋にやってきました。こんなに機嫌がいいのは久しぶりです。馬に乗る支度をしていて、もう拍車をつけています。私は、自分も連れていってほしいと頼みこみました。

「馬跳びでもして遊んでいたほうがいいんじゃないか」と父は答えます。「おまえの痩せ馬じゃ、私についてこられないだろう」

「ついていけますよ。僕も拍車をつけてきます」

「まあ、いいだろう」

こうして父とふたりで出かけました。私のほうはむく毛の黒い馬で、小さめとはいえ、脚も強く、走らせるとけっこう速いのですが、いざエレクトリクが本気のトロットで走りだすと、私の黒馬は全速力で飛ばさなければなりません。それでも、なんとか遅れずについていきました。父ほど上手に馬を操る人は見たことがありません。馬にまたがっている姿はりりしく、何気ないようで巧みに乗りこなしているので、馬のほうでもそれを感じて、乗り手を見せびらかしているように見えます。

私たちは並木道という並木道をすべて走り抜け、処女が原《デヴィチエ・ポーレ》を駆けまわり、いくつか垣根を跳び越え（正直なところ最初は跳ぶのが怖かったのですが、父が臆病な人間を軽蔑していたので、怖がらないことにしました）、モスクワ川を二度も渡ったので、そろそろ家に帰るのだろうと思っていました。しかも父に「お前の馬は疲れてきたようだね」と言われたので、てっきり引きあげるのだろうと思ったその矢先、父は急に向きを変えて私から離れ、クリミア浅瀬からそれて川沿いに馬を走らせました。私もあわてて後を追いました。

古い丸太が山のように高く積まれたところまできて、父はひらりとエレクトリクから飛びおり、私にもおりるよう言い、エレクトリクの手綱を私に預けると、そこで、つまり丸太のそばで待っているよう言い残して、ひとりで細い横丁に姿を消しました。私は仕方なく馬を二頭引いて、川岸を行ったり来たりすることにしました。歩いていると、エレクトリクはひっきりなしに頭を振ったり、体を激しく揺すったり、鼻を鳴らしたり、いなないたりするので、叱りつけなければなりませんし、立ち止まったら止まったで、蹄で土を掘ったり、鼻息も荒く私の馬の首に嚙みついたりします。ようするに、その振る舞いは、どう見ても、甘やかされた*pur sang*（純血種）といった感じなのです。

父はなかなか戻ってきません。川面からいやな湿気が漂《ただよ》ってきたと思ったら、しとしと小雨が降りだして、間の抜けた灰色の丸太に、点々と小さな黒い雨の跡をつけていきます。あたりをさんざんぶらついたので、この丸太にはもういい加減うんざりしていました。だんだん気がふさいできますが、父はいつまでたっても戻ってきません。

そこへ、フィンランド人の巡査でしょうか、近づいてくる人がいます。これまた全体に灰色っぽい印象で、壺のような形の大きな古びた制帽をかぶり、警棒を持っており（それにしても、どうしてモスクワ川に巡査がいるのでしょう!）、お婆さんのような顔をこちらにむけて話しかけてきました。

「馬を連れて、ここで何をしているんです、坊や。持っていてあげましょうか」

返事もしないでいると、相手はタバコをねだってきました。つきまとわれたくなかったので（それに、ほとほと待ちくたびれたので）、父が歩いていったほうに数歩行ってみました。それからその横丁を突き当たりまで進み、角を曲がったところで立ち止まりました。四〇歩ほど離れたところでしょうか、通りに建つ木造家屋の窓が開け放たれていて、窓の前に、むこうをむいて父が立っているではありませんか。父は窓辺に胸をもたせかけています。家の中には、黒っぽい洋服を着た女性がカーテンに半ば隠れるような格好ですわり、父と話しています。その女《ひと》がジナイーダだったのです。

私はショックで立ちすくんでしまいました。正直に言って、こんなことは夢にも想像していなかったのです。真っ先に浮かんだのは、逃げなくちゃ、ということです。「父さんがこっちを振りかえるかもしれない、そうなったら、おしまいだ」と思いました。それなのに、好奇心よりも強く、嫉妬心よりもまだ強く、恐怖よりも強い、なんともいえない不思議な感情に襲われて、そこを動けません。目を凝らし、必死に耳をすましていると、どうも父が何か言い張っているのに、ジナイーダが納得しないようです。今でもジナイーダの顔が見えるような気がします。悲しそうな、それでいて真剣な美しい顔で、心からの献身と憂愁と愛と絶望のようなものがないまぜになった、いわく言いがたい表情を浮かべています――そんなふうに表すしかありません。

ジナイーダはごく短い言葉を口にするものの、目を伏せたまま、おとなしく頑なにほほえんでいるばかりです。このほほえみを見ただけで、以前のジナイーダらしいジナイーダだと思いました。父は肩をすくめ、帽子をかぶり直しました。それは、いつも父がいらついてきたときによくやる癖です。それから“*Vous devez vous séparer de cette....*”（そんな……とは別れなければいけません）という言葉が聞こえました。ジナイーダがさっと姿勢をただして、片手を差し伸べました。

そのときとつぜん、私の目の前で信じられないようなことが起こったのです。それまでフロックコートの裾の埃を払っていた鞭を、父がいきなり振りあげると、肘まで出ているジナイーダの白い腕をピシッと打ちすえたのです。私はもう少しで悲鳴をあげそうになり、自分を抑えるのがやっとでしたが、ジナイーダはぶるっと身震いし、黙って父の顔を見やってから、ゆっくりその腕を唇に持っていき、真っ赤になっている痕《あと》にキスしたのです。父は鞭を放り投げ、急いで入り口の階段を駆けのぼって家の中に飛びこみました。ジナイーダはうしろを振りかえり、両手を広げ、頭をそらして、やはり窓から離れました。

度肝を抜かれ息がとまりそうになり、不可解な恐怖を胸に感じて、私は取って返し、横丁を走りぬけ、あやうくエレクトリクの手綱を手から離してしまいそうになりながら、川岸まで戻りました。何をどう考えたらいいのか、さっぱりわかりません。いつもは冷たく自制心の強い父がときおり発作のような激しい感情の高ぶりに襲われることがあるのは知っていますが、それでも私は、自分の目にした情景がいったいどういうことなのか、まったく理解できませんでした。

でもすぐに、これだけは感じました。これからどれだけ生きようと、ジナイーダのあの身ぶりやまなざしやほほえみを忘れることはぜったいにありえない、つい今しがた見せつけられたジナイーダの思いがけない姿は、一生、私の記憶に刻みこまれた、ということです。わけもなく川面を見つめていると、気づかないうちに涙があふれていました。「ジナイーダが打たれる、打たれるんだ、打たれるんだ」と考えていました。

「おい、どうしたんだ、馬を貸してごらん!」うしろで父の声がしました。

私は上の空で手綱を渡しました。父がエレクトリクに飛び乗ると、凍えきっていた馬は、いきなり後ろ足で立ち、三メートルほども前に飛び跳ねます。でも父は、馬の脇腹に拍車を入れ、こぶしで首を打って、すぐに馬をなだめ、「ちっ、鞭がない」とつぶやきました。

ついさっき鞭が風を切ってしなり、ピシッと音を立てたことを思い出して、体が震えました。

「鞭をどこへやったんですか」しばらくしてから尋ねました。

父は返事をしないで先に走りだします。私はどうしても顔が見たくて、父に追いつきました。

「待っているあいだ退屈だっただろ」父があまり口を開けずつぶやくように言います。

「少し。鞭、どこに落としたんですか」私はもう一度聞きました。

父はすばやくこちらを見ました。

「落としたんじゃない。捨ててきた」

父は考えこんで頭《こうべ》を垂れました。父の厳しい顔に、これほど優しく、これほど無念そうな表情が浮かぶのを見たのは、そのときが初めてで、たぶん最後でした。

父がまた馬を飛ばすと、今度はもう追いつけませんでした。家に着いたのは、父より一五分もあとでした。

「これが本当の愛なんだ」夜更け、自室の机の前にすわって、私はひとりでまたつぶやいていました。机の上にはそろそろノートや教科書が姿を見せはじめています。「これこそ恋というものなんだ！　だれかに打たれたら、それがだれであろうと、どんなに愛しい相手であろうと、頭にきて、我慢できないだろうと思っていたが、本当に相手を愛していれば、我慢できるんだ。それを僕は……僕は勘違いしていた」

そのひと月で、私はずいぶん大人になっていました。そして、ときめきも悩みもいっさい含めて、自分の恋などというものは、自分の知らない何ものかに比べたら、われながら、ちっぽけで、子供っぽくて、みじめなものなのではないかと思うようになっていました。でも、その何ものかというのが具体的にどういうものなのかについては、かろうじて想像できるかできないかといった程度でしたし、薄暗がりの中で目を凝らしてもどうしても見分けることのできない、美しいけれど険しく見たこともない顔であるかのように、私には恐ろしく感じられるのでした。

この夜、奇妙な恐ろしい夢を見ました。暗くて天井の低い部屋に入っていったように思います。そこに鞭を手にした父がいて、足を踏みならしています。部屋の隅にはジナイーダがうずくまっていますが、鞭で打たれた赤い痕は腕にではなく額についています。ふたりの背後から、全身血まみれのベロヴゾーロフがぬっと立ちあがり、血の気《け》のうせた唇を開き、怒りくるって父を脅すのでした。

それから二ヵ月ほどして私は大学に入学し、さらに半年経って、ペテルブルクで父が（卒中のため）亡くなりました。父母と私の三人でペテルブルクに移ったばかりのころです。亡くなる数日前、父はモスクワから手紙を一通受け取りましたが、その手紙にひどいショックを受けたようです。父は母の部屋に行って何かしきりに頼んでいた様子で、涙さえ流したといいます。あの父が！　発作で倒れるその日の朝、父は私に宛ててフランス語の手紙を、こんなふうに書きかけていました。「息子よ、女の愛には気をつけるように。女の愛がもたらす幸《さち》にも毒にも気をつけるがいい」父が死んだ後、母はかなりの額のお金をモスクワに送りました。

22

四年ほど過ぎました。私は大学を卒業したばかりで、自分の身の振り方も決まらず、どのドアを叩いたらいいのか見当もつかず、何をするでもなくぶらぶらしていました。

　ある晩、劇場でばったりマイダーノフに会いました。さっさと結婚して仕事にもっいたということでしたが、ぜんぜん変わっていないように見えました。以前と同様、必要以上に感激しては、以前と同様、急に落ちこんでしまいます。

「それはそうと」マイダーノフが言いました。「ドーリスカヤ夫人がここにいるんですよ」

「ドーリスカヤ夫人ってどなたのことですか」

「まさかお忘れじゃないでしょう。ザセーキナ公爵令嬢のことですよ、みんな夢中だったじゃないですか。君もそうだったでしょ。ネスクーシヌィ公園のそばの別荘のこと、覚えているでしょう」

「ドーリスキーって人と結婚したんですか」

「そうです」

「それで今この劇場にいるんですね」

「いえ、ペテルブルクですよ、二、三日前にやってきたばかりのようですが、外国に行くらしいです」

「ご主人はどんな人なんでしょう」と私は尋ねました。

「立派な男ですよ、財産もあって。モスクワにいるとき、私はやつと同僚でしてね。ねえ、あの例の騒ぎがあってから……よくご存じのはずですよね（マイダーノフは意味ありげににやりとしました）……あの人は結婚相手を見つけるのに苦労したようで。あとくされがありましたからねえ。でも、頭のいいあの人のことですから、何だってできないことはありません。会いに行ったらどうです、喜ぶんじゃないかな。ますます綺麗になりましたよ」

マイダーノフはジナイーダの住所を教えてくれました。デムートというホテルに泊まっているといいます。遠い思い出がよみがえってきて、私は翌日にでもさっそく昔の「恋人」に会いに行こうと心に決めました。ところが、あれこれと用事ができて都合がつかず、一週間、二週間と過ぎてしまいました。ようやくデムート・ホテルに行って、ドアマンにドーリスカヤ夫人との面会を申しこむと——四日前に亡くなったと知らされたのです。お産のための、急死といっていいような死に方でした。

心臓のあたりを何かにぐいと突きあげられたような気がしました。会おうと思えば会えたのに会わなかった、もう二度と会えないんだと思うとやりきれず、痛ましい思いが胸に食いこみ、力いっぱい激しく責めたててきます。「亡くなった！」私は、ぼんやりドアマンの顔を見ながら繰り返し、それから力なく外に出て、どこへ行くというあてもなく歩きだしました。

これまでの諸々《もろもろ》のことが一度に浮かびあがって、目の前に広がりました。ジナイーダの情熱的できらびやかな若い生は、こんな結末を迎えることになっていたのか、ジナイーダの生が先を急ぎ、不安にかられながら目指していたものはこれだったのか！ そう思い、あの愛しい面影、あの目、あの巻き毛が、狭い棺《ひつぎ》の中に納められ、湿った地下の闇に埋められているところを想像しました。それは、当面まだ生きている私のすぐそば、ひょっとすると父の眠っている墓所から数歩しか離れていないところかもしれません。そんなことを考えながら、気持ちをこわばらせてさらに想像していくうちに、

冷ややかな口元より死の知らせを受け、
私も冷ややかにそれを聞いた

という一節が胸に響きました。ああ、若さよ！ 青春よ！ おまえはどんなことにも

す、まるで宇宙の宝物をすべて手にしているかのようだ。おまえは、憂いに
を見出し、悲しみまで似合ってしまう。自信たっぷりで大胆不敵だから「私
で生きていける。見ていてごらんなさい」などと言う。そう言うそばから、月
ぶように過ぎ、数えきれないほどの日々があとかたもなく消えていき、太陽にさらされた蠟のように、雪のように溶けてしまうというのに。

青春に魅力があるとしたら、その魅力の秘密は、なんでもできるというところにではなく、なんでもできると思えるというところにあるのかもしれません。持てる力を、他に使いようがないまま無駄遣いしてしまう、そこにこそ青春の魅力が潜んでいるのかもしれません。だれもが自分のことを浪費家だと本気で思いこみ、「ああ、時間を無駄につぶさなかったら、どれほどすごいことができただろう！」と本気で考える、そこにこそ潜んでいるのかもしれません。

私自身もそうでした……。当時、つまり、ほんのつかのま浮かびあがった初恋の幻影を、ふっと溜め息をつき、もの悲しい感覚を味わいながら、やっとのことで見送ったそのころ、私はいったい何を望み、何に期待し、どれほど豊かな未来があると思っていたのでしょうか。

それにひきかえ、望んだことのうち、はたしてどれだけのことが実現したでしょうか。早くも人生に夕闇が迫ってきた今頃になって、春の暁《あかつき》にあっというまに過ぎていった雷雨の思い出ほどみずみずしく愛しいものはないということがようやくわかりました。

でも私はいたずらに自分を責めているかもしれません。あの浅はかな青春時代にだって、私に呼びかける悲しげな声や、墓の中から聞こえてくる厳《おごそ》かな音に、まったく耳を貸さなかったわけではないのです。

よく覚えていますが、ジナイーダの死を知って数日してからのこと、いてもたってもいられず、自分から、ある貧しいお婆さんの死に立ちあうことにしました。私たちと同じ建物に住んでいた人で、ぼろをまとい、袋を頭の下に敷いて硬い床板に寝ていましたが、最期はじつにつらく苦しそうでした。その一生は、日々の貧乏な暮らしの中であくせくもがいているうちに過ぎてしまったようなものです。喜びも、蜜のような幸福も味わったことのないこの人にとって、死ぬことは苦しい生からの解放であり平安でもあるわけですから、むしろ喜ばしいものなのではないかという気がします。

ところが、老いた体が持ちこたえているあいだ、しだいに冷たくなっていく手が胸を押しつけ、その胸がいまだ苦しげに波打っているあいだ、最後の力が抜けていくあいだ、お婆さんはしきりに十字を切り、しきりに「神様、私の罪をお許しください」とささやき続け、最後の意識が火花のように散ってはじめて、死を恐れおののく表情がようやく目から消えたのです。

忘れもしません、このあわれなお婆さんの死の床に立ちあった私は、ジナイーダのことを思って恐ろしくなりました。そして、ジナイーダのために、父のために、そして自分のために祈らずにはいられなくなったのでした。

訳者あとがき

『初恋』をはじめて読んだのは、高校のときでした。

そのとき恋をしていたから胸に沁《し》みたのだったか、それとも、ただ恋に憧れていただけだったのかはもう忘れてしまいましたが、読みながら、主人公といっしょに、ジナイーダに恋焦がれているような気分になったことは覚えています。きゃぴきゃぴした女の子だったジナイーダが、主人公の家では打って変わって気高く公爵令嬢らしくふるまう場面や、彼女が主人公の父に鞭で打たれる場面には、とくに衝撃を受けました。

それ以来、『初恋』は私にとって忘れられない大切な作品です。

今回、その作品をみずから訳すことになり、夢のような心地になると同時に、自分の無鉄砲さにすくみあがる思いもしました。米川正夫訳をはじめ何人もの名だたるロシア文学者の翻訳が、何種類も出ているからです。

そして案の定、作業を始めたとたんに、とんでもなく難しいことを引き受けたものだと痛感させられました。これまで私は現代ロシア文学の作品ばかり紹介してきたので、既訳のあるものははじめてです。既訳があると、どうしてもそれとは違う語句や文章を選ぼうとする「遠心力」がはたらいてしまいます。同じような翻訳になってしまっては、新訳の意味がない、そう思うからでしょう。

でも、先人たちが考え抜いた表現に取って代わる訳語が、そうおいそれと見つかるものでもありません。さんざん苦労しながら、主人公の手記のところにさしかかったとき、手記の中身を「です・ます調」で訳したいという強い気持ちにかられました。というのも、最初の場面で三人が互いに丁寧な言葉遣いで話していて、その中のひとりが、手記に書いてきたものをあとでふたりに読みあげるという設定です。そうであれば、手記はふたりに話して聞かせるような調子で書いてくるのが自然なのではないか、と思ったのです。

というわけで、私の『初恋』に新味があるとすれば、「です・ます調」にしたことによって、全体が平易な感じになったことくらいでしょう。それがうまくいったかどうかは、読者の皆様のご判断をあおぐしかありません。

作者の名前は、二葉亭四迷以来「ツルゲーネフ」と表記されることが多いのですが、最近、より原音に近い「トゥルゲーネフ」も見かけるようになったため、思いきってこちらを採用しました。

古典新訳文庫の創刊にあたり、私にとっては宝物のような作品『初恋』に挑戦させてくださったうえ、「です・ます調」も名前の表記もすべて訳者のわがままを受け入れてくださり、いろいろ的確なご指示をいただきました光文社翻訳出版編集部のみなさんに、心よりお礼申しあげます。

二〇〇六年七月

解説

沼野恭子

一八六〇年にイワン・トゥルゲーネフが発表した中編『初恋』は、ひと粒の真珠のような高貴なたたずまいと完成度を持った作品である。

一八六〇年代といえば、トゥルゲーネフ自身の長編をはじめ、ドストエフスキーの『罪と罰』（六六）や『白痴』（六八）、トルストイの『戦争と平和』（六五―六九）といった、巨大な原石ともいうべきロシア文学史上の大作が、次々と世に送りだされた時代である。

しかし、そのなかにあって『初恋』は、小粒ながら際立った存在感があり、二一世紀の今もなお、妖しく美しい真珠の輝きを保ちつづけている。

『初恋』は、他のどの作品より作者自身に愛された幸福な小説である。最晩年になって、トゥルゲーネフは二十数年前に書いたこの作品について、いとおしげにこう語っている。

これは、今にいたるまでずっと私に喜びをもたらしてくれている唯一の作品です。なぜなら、人生そのものであり、作り物ではないからです……。『初恋』は身をもって体験したものなのです。

（「ロシア報知」一八八三年十月二日号）

ここに言われているとおり、トゥルゲーネフの他の小説とくに長編に比べると、『初恋』には作り物めいた図式的なところがほとんど感じられず「自然」であり、読者は恋する主人公にすんなり感情移入することができる。作家はじっさいにこの物語と同じような経験をしたといい、多くの伝記作家がそのことを確認している。でも、『初恋』が今でも読みつがれ愛されているのは、かならずしもトゥルゲーネフの伝記的な事実が書かれているという「私小説」的な理由からだけではないだろう。それでは、『初恋』にはどのような背景や特徴があるのか。

『初恋』の社会学

『初恋』が書かれたのは、先に述べたようにロシア文壇の最盛期だったわけだが、それだけでなく、トゥルゲーネフの創作活動の絶頂期でもあった。代表的な四大長編といわれる『ルージン』（五六）、『貴族の巣』（五九）、『その前夜』（六〇）、『父と子』（六二）の刊行はいずれもこの前後に集中しており、作家としての名声はひじょうに高かった。

いっぽう社会に目を転ずれば、ロシアの後進性を象徴する農奴制が廃止されるのも、ちょうどこのとき（六一年）。たしかに農奴解放は「上からの改革」であり、さまざまな問題をあとに残すものではあったが、トゥルゲーネフが幼いころから心を痛めてきた社会の弊害の大本《おおもと》に、まがりなりにもメスが入れられることになる記念すべき一歩だった。

つまり、トゥルゲーネフが個人的に作家として活力をみなぎらせていただけでなく、社会もまた自由に向けて踏みだそうとしていた、言ってみれば二重に高揚感に満ちた環境のもとで『初恋』は生まれたのである。

しかしこの作品には、社会的な事象がそのまま取りこまれることはなく、むしろ極力抑えられ、ウラジーミルという少年の私的な体験に焦点があてられている。そこには抑制の美学とでも呼びたくなるような力がはたらいており、それがトゥルゲーネフの他の長編と大きく異なる特徴になっている。

ロシア社会を見守る冷静な観察者であるトゥルゲーネフは、敏感に時代精神を嗅ぎとり、それを作品に結晶させていた。ロシアでは、作家が「社会の良心」「民衆の導き手」になるべきだという考えが根強くあり、げんにトゥルゲーネフが親しくつきあった友人には急進的批評家のベリンスキーやゲルツェンがいて、彼らの考えによれば、作家は社会改革の重要性を訴えるような啓蒙的な小説を書くべきだということになっていた。

だから、農奴解放の予感をそのままタイトルにした『その前夜』や、社会の変化を前にして対立するふたつの世代を描いた『父と子』などは、ロシア社会の変動とそれに対する知識人の態度を小説で描こうとした試みとして、ある意味でベリンスキーらの期待に応えるものだったと言うことができる。

しかし、はたして時代精神を文学に映そうという意図はじゅうぶんに実現されたのだろうか。これらの作品は、同時代の急進派からも保守派からもかなり痛烈な批判を浴びせられるが、難点のひとつにあげられたのは、登場人物の描き方が作為的、戯画的にすぎるということだった。おそらく、トゥルゲーネフ自身がだれよりもよくそのことを理解していたからこそ「作り物」ではない小説『初恋』を愛したのではなかったか。

とはいえ、『初恋』を注意深く読めばわかるように、社会的な事象がまったく描きこまれていないわけではない。舞台となっているのは一八三三年のこととされているが、小説の最初のほうに、壁紙に模様をつける工場で働く貧しい少年たちの様子が挿入されている。のちにプロレタリアートと呼ばれることになるのであろうこうした少年たちのけなげな姿が、同じくらいの年齢の少年である主人公ウラジーミルの目で、さりげなく観察されているのは見逃せない。

あるいは、夜遅く隣の家から帰ってきた主人公が、「床に寝ている爺や」を踏みつけないよう跨《また》ぐ場面があるが、そこに、農奴の下僕にベッドさえ与えずそれを非人道的だとも思わない地主階級への皮肉を感じとることも可能である。

身分や階級といえば、ジナイーダの家族が公爵家であるということが物語に大きな意味を持っていることも付け加えておくべきかもしれない。公爵といえば、貴族のなかでも最高位である。ウラジーミルの一家は、貴族ではあるが公爵でないため、財力のないザセーキナ公爵夫人に対するウラジーミルの母の態度には、敬意と侮蔑の入りまじった複雑な感情がにじみでている。

これに対して、当時『群盗』を読んだばかりのウラジーミルは、相手が公爵だからといってとくに尊敬を払ってはいない。シラーの戯曲『群盗』（一七八一）は、邪悪な弟フランツの陰謀によって公爵である父と恋人を奪われた兄カールが、盗賊団の首領に身をやつして悪に立ち向う物語である。おそらくこの作品に胸躍らせたウラジーミルにとって、公爵という爵位などより自由と正義のほうがよほど価値のあるものだったのだろう。別の箇所では、「民主主義を信奉する若者」として、自由について父と話しあう場面まである。つまり階級に関して、ウラジーミルが母親とは異なる姿勢をとっていたことが示されているのだ。社会問題に対して親と子の世代に考え方の違いがあるという点で、『父と子』の主題に通じる萌芽をここに見出しても、間違いとはいえまい。

切なく、美しく、そしてある意味では残酷な恋愛をテーマにしたこの作品にも、遠景には、抑制された筆致でロシア社会の様子が織りこまれているのである。

『初恋』の力学

この作品には、冒頭に三人の男が登場する「枕」のようなものが置かれている。一八三三年に一六歳だったウラジーミルが、ここでは「四〇歳前後」になっているわけだから、逆算すると、冒頭部分は一八五六年ごろという設定になる。作品の残りはすべて、ウラジーミルがノートに書いた手記の内容である。

このような小説形式が選ばれたのは、過去を回想するという体裁をとるためだろう。思春期に体験した恋を、長い時の経過のなかで美しく純化させ、ノスタルジックに、それでいてあまり感傷に溺れすぎずに語るというのが、この物語に最もふさわしい文体だと作家は考えたにちがいない。

しかし一八六二年にフランス語版が出版されたとき、この形式には若干の変更がほどこされることになる。最後にもう一度、冒頭の三人が登場し、ウラジーミルの読みあげた手記について、残りのふたりが感想を言うシーンが書き加えられたのである。最初と最後が同じ場面で統一され、完全な「枠」構造の小説となったのだから、形式的にはより完成度が高いと考えられるかもしれないが、作品の価値としてはどうであろうか。

アカデミー版トゥルゲーネフ全集（全二八巻）の註を見ると、作家がフランス語版に最後の部分を書き足したのは、一八六〇年の『初恋』刊行からまもなくロシア国内で出たさまざまな批判に応えるためであり、ロシアよりもフランスの読者のほうが外見的な見栄えにこだわるからだ、と記してある。当時『初恋』に寄せられた批判で多かったのは、物語やヒロインが「道徳的でない」という点だった。現代の文芸批評とは違って一九世紀のロシアでは、文学にモラルを求める傾向が強く、資質として芸術至上主義的だったトゥルゲーネフは、しばしば見当違いの非難を浴びなければならなかった。

しかしトゥルゲーネフは、この小説をロシアで発表する前から、あらかじめ、そうした批判が出ることを予測していたという。だから、ウラジーミルの手記の最後に

「あるお婆さんの死」を看取る場面を置き、それに「道徳的」な意味をこめたのである。じっさいトゥルゲーネフはある手紙のなかで「酔いを醒ますようなこの締めくくりがなければ、非道徳的だという叫び声はもっとずっと強かったでしょう」と語っている。

訳者の個人的な意見では、小説の終わり方として、フランス語版のような形ではなく、本来のロシア語版のように、ウラジーミルの詠嘆によって、つまり、開かれた形で終わるほうがより優れているように思う。お婆さんの死が最後に置かれたことにより、不完全ではあるが、この部分が「枠」の役割を果たすことになったとも考えられるからである。

さて、登場人物の配置から小説の構造を考えるのも興味深い。ジナイーダの父はかつて、財産目当てで身分の低いジナイーダの母と結婚した男である。まるでそれと対《つい》をなすかのように、ウラジーミルの父もまた、財産を目当てに母と結婚したとされている。ふたつの家族は階級が異なるのに、成り立ちがそっくり同じなのである。

草野慶子氏がいみじくも指摘しているとおり、『初恋』には「多層的なシンメトリー」の構造が見られる（「恋と権力——ツルゲーネフの『初恋』について」『ロシア文化研究』二〇〇三年第一〇号、四ページ）。たとえば、ウラジーミルの父が経済力で年上の母に支配されていることと、ウラジーミルが年上のジナイーダの思いのままになっていることもシンメトリーをなしているし、ジナイーダの初恋の相手がウラジーミルの父で、ウラジーミルの初恋の相手がそのジナイーダであるという欲望の反復も、一種のシンメトリックな関係といえる。

そして、もうひとつ指摘しておきたいのは、シンメトリーをなすジナイーダの家族とウラジーミルの家族のあいだに庭があり、物語のかなめともいえる重要な出来事がことごとくそこで起こっていることである。ウラジーミルが初めてジナイーダを見そめたのもこの庭なら、父が彼女に挨拶したのもこの庭。ウラジーミルが、恋するジナイーダの変化に初めて気づいたのも同じ庭だし、恋敵があらわれるのを待ち伏せしていて思いもかけず父に会ってしまうのもこの庭である。

ふたつの空間にはさまれ、どちらでもあり同時にどちらでもない中間地帯の「境界」。そもそもウラジーミルの一家が借りているこの別荘《ダーチャ》が、都心とも郊外ともいえない中途半端な「はざま」に位置していたのではなかったか。

空間軸を時間軸に移せば、子供でもなく大人でもない主人公の年齢が、境界的な過渡期にある。オセロを気取っていたウラジーミルが、父親という本物の大人を前にして、たちまちただの生徒に戻ってしまう場面が、そのどっちつかずの位置を象徴的にあらわしている。

『初恋』では、拮抗するシンメトリックな領域のあいだに横たわる境界のエネルギーが、物語を前へと推し進めているかのようだ。それははからずも、ロシアとヨーロッパの境界をつねに意識していた偉大な中道主義者トゥルゲーネフの姿そのものに重なりはしないだろうか。

『初恋』の美学

この作品の魅力は何といっても、初めて恋をする者がだれでも感じるであろう恥じらいやときめき、心の高ぶり、不安といったものが、あますところなく、みずみずしい文体で描かれているところである。その人がいないと胸がふさがり、明けても暮れてもその人のことばかり考えてしまう。その人が目の前にいたらいたで、落ちつかず、嫉妬してしまう——そんな心の揺れ動きがじつに巧みに語られている。

こうした心理描写は、ところどころに配されている自然描写によって効果的に補強されている。もちろん自然描写は、心理描写の補助として二義的な役割を果たしているわけではなく、あくまでもリアルに、独立したものとして立ちあらわれる。しかし、ときとして自然現象が、主人公の感情の機微をシンボリックにあらわすことがある。そうした心象風景の最たるものが「雀の夜」と言われる稲光の場面であろう。音もたてず慎ましやかに光る稲妻を、語り手自身、「私の内部でやはり音もなく秘めやかにきらめきだした精神の高ぶりと呼応している」と感じている。稲妻がしだいに薄らいでいく窓の外をじっと見つめる彼が、自分自身の内面が落ちつき静まるのを、自然に託して待っていることは、言うまでもない。

ついでながら、トゥルゲーネフの自然描写の素晴らしさに日本でだれよりも早く気づいて紹介したのが二葉亭四迷だったことを、ここで思いだしておきたい。一八八八（明治二一）年、二葉亭はトゥルゲーネフの『猟人日記』に収められた短編を「あひびき」と題して訳した。この翻訳が「言文一致」をめざしていた当時の日本の文壇にきわめて大きな衝撃と影響を与えたことは、文学史の常識になっている。

当時の日本文学には、自然描写といっても、型にはまった規範的な方法しかなかったが、「あひびき」の翻訳は、川村二郎氏の言葉を借りれば、「規範の束縛とは全く無縁に、何のこだわりもなく自然のこまやかな色彩や音調に眼と耳を傾け、その瞬間の輝き、一呼吸ごとの繊細な変化を忠実に記録する表現方法」(『翻訳の日本語』中公文庫、二〇〇〇年、一五八ページ)だった。

戯作風の伝統を壊して「近代的」な表現を日本文学に取り入れるにあたって、二葉亭がトゥルゲーネフの自然描写を仲介にしたということは、二葉亭の慧眼を物語る何よりの証拠である。

さて、心理描写、自然描写のほかにもうひとつ『初恋』の魅力をあげるとすれば、それはジナイーダという忘れがたい女性の形象ということになるだろう。コケティッシュでありながら気高く、何事にも無頓着でいながら情熱的、享楽的でいて真面目でもあるといった複雑なキャラクターである。

男性の形象に関しては、大きく分けてふたつのタイプをトゥルゲーネフは創りあげた。ひとつは、一八五〇年に発表した中編『余計者の日記』以来の、持てる才能を社会のためと役立てることができず無為に生きるしかない「余計者」、もうひとつは、『その前夜』のインサーロフや『父と子』のバザーロフに代表される行動的な合理主義者である。作家自身が用いた比喩でいえば、前者は「ハムレット」型、後者は「ドン・キホーテ」型ということになる。

これに対して、トゥルゲーネフ作品に登場する女性のタイプはじつに多種多様だが、その中でも『初恋』のジナイーダは特別な存在のように思える。彼女は公爵令嬢という高貴な血筋を受けながら、財産がないため（馬を買う金さえ借りなければならない）、経済力のある男と結婚する以外に生きる道がないという自分の立場をじゅうぶんに認識している。男たちを手玉に取ろうとするのは、そんな社会に前もって復讐したいという意識下の欲望がはたらくからではあるまいか。軍人、伯爵、医者、詩人と彼女を取り巻く男たちは、あたかも上流社会の縮図のようではないか。

恋を知り人間的に成長するジナイーダは、文字どおり相手のすべてを受け入れる覚悟ができている。恋人であるウラジーミルの父に鞭を振るわれても、その行為まで受け入れ、いとおしむジナイーダ。その印象的な場面には、匂いたつエロス、艶やかな叙情、誇り高い悲哀が集約されている。

『初恋』の遺伝学

最後に、『初恋』の生みの親、イワン・セルゲーエヴィチ・トゥルゲーネフの経歴について簡単に述べておこう。

トゥルゲーネフは、一八一八年、中部ロシアのオリョール県に生まれた。父セルゲイはタタールの血をひく軍人、母ワルワーラは五千人の農奴を有する大地主だった。六歳年上のワルワーラと経済的な理由から結婚した美丈夫の父には情事が絶えず、専横で暴力的な母は、幼いトゥルゲーネフにまで折檻を加えることがあったという。トゥルゲーネフは早くから農奴制への憎しみを抱いていた。

一八三〇年代前半、父の恋人シャホフスカヤ公爵令嬢をひそかに慕っていたらしい。このあたりの事情や両親の関係などが、『初恋』に援用されている。

モスクワ大学とペテルブルク大学で学んだのち、ベルリンに留学し、帰国してしばらくのあいだは内務省に勤めた。このころ母の領地で裁縫女との間に娘が生まれている（娘はポーリーヌと名づけ、最後まで面倒を見ている）。一八四三年、パリからペテルブルクに公演に来ていた歌姫ポーリーヌ・ヴィアルドーと宿命的な出会いをする。ポーリーヌは夫のいる身だったが、以後、トゥルゲーネフは死ぬまで愛情を捧げ、生活の大半を彼女のそばで過ごすことになる。

作家としては、一八四七年に「同時代人」誌に発表した「ホーリとカリーヌィチ」で認められ、続編を書いて『猟人日記』としてまとめた。観察者の立場に徹して、農民たちの生活や内面、個性をあたたかいまなざしで叙情的に描きだした短編集である。この『猟人日記』に農奴制批判がこめられていたことが関係したのか（直接はゴーゴリを追悼する文が原因で）、一八五二年に逮捕され、領地に一年半にわたって蟄居させられた。やがて生活の場を主としてフランスに移し、ジョルジュ・サンドやゾラ、フローベール、ドーデらと親しくつきあうとともに、ロシア文学を国際的に紹介するために尽力する。

先に述べたように、一八五〇年代から六〇年代にかけては、四つの長編のほかに、『ファウスト』『アーシャ』『初恋』などの中編も書いて、創作意欲が最も盛んだった時期である。トゥルゲーネフの娘（ヒロイン）たちの中で『初恋』のジナイーダに似ているのは、『アーシャ』のヒロインだろう。気性が激しくお転婆だった少女が、恋をしてから、考え深く慎ましやかに「成長」するという点で、ふたりはまるで双子のようだ。もっとも、アーシャのひたむきで情熱的な愛を前にしてたじろいでしまう語り手は、ウラジーミルの父とはまるで違うタイプである。

この語り手とアーシャのように、「優柔不断な男（余計者）」と「気丈な女」という組み合わせは、トゥルゲーネフの最も得意とする男女関係といっていい。『ルージン』の主人公ルージンとナターリヤも、『ファウスト』の語り手とヴェーラも、その典型的なカップルである。

トゥルゲーネフは、これらの作品で、ロシア社会と知識人の問題を描く作家としてゆるぎない地位を占めることになったが、やがて、少しずつ神秘的なものへの関心を強めていき、晩年には「幻」や『クララ・ミリッチ（死後）』などの幻想的な作品も書いている。外国からロシアを眺めてきたトゥルゲーネフは、ロシア社会に未来を見出せず、『煙』という中編では、主人公に「自分の生活もロシアの生活もすべてが煙のようだ」と絶望的に言わせている。

結局パリ郊外で、生涯の恋人であったポーリーヌ・ヴィアルドーに看取られ、一八八三年に亡くなった。遺言どおり、遺体はペテルブルクのヴォルコフ墓地、ベリンスキーの墓の隣に葬られたという。
最後の詩的随筆集『散文詩』には、「巣を持たず」と題された短い文章がおさめられ、次のように始まっている。「巣」とは『貴族の巣』にも使われているとおり、「家庭」のことをあらわす。

どこへ身をおけばいいのか。何に取りくめばいいのか。私はまるで巣を持たない孤独な鳥のようだ……。

鳥はずっと飛びつづけ、砂漠を越えるが、やがて疲れはて、海に落ちて波にのまれてしまう。一生結婚せず、ロシアとヨーロッパを行き来した「孤独な鳥」トゥルゲーネフは、自由と愛を尊重し、ロシアの近代化を望んで西欧主義者としての信念を貫いた。一九世紀ロシアの最も良心的な知識人のひとりとして生き、教養ある作家として数々の名作を残した。
「いったい、どこへ身をおけばいいのか。私もそろそろ海に落ちる時なのではなかろうか」——そう嘆いて死を予感したトゥルゲーネフにとって、珠玉の作品『初恋』が何よりの大きな慰めになったのではないか、そう思いたい。『初恋』は、最後までトゥルゲーネフに喜びをもたらした唯一の作品であり、「最愛の娘」だったにちがいないのだから。

トゥルゲーネフ年譜

一八一八年

十月二十八日（新暦十一月九日）、タタール の血をひく将校の父セルゲイと大地主の母ワルワーラとの次男として、ロシア中部のオリョール県に生まれる。

一八二七年　九歳

家族とともにモスクワに移る。

一八三三年　一五歳

モスクワ大学文学部に入学。

一八三四年　一六歳

家族がペテルブルクに移ったため、ペテルブルク大学哲学部に転じる（三六年に卒業）。十一月、父死去。

一八三八年　二〇歳

最初の詩「夕べ」を発表する。五月、ベルリン大学に留学。この頃、スタンケーヴィチ、グラノフスキーらと親しく交際する。ヘーゲル哲学に詳しく非常にすぐれていたスタンケーヴィチは、自分を慕って集まる青年たちとスタンケーヴィチ・サークルを成していた。

一八四〇年　二二歳

無政府主義者バクーニンと知りあい、短期間いっしょに暮らす。

一八四一年　二三歳
帰国し、バクーニンの妹タチヤーナとの間に淡い恋がめばえる。

一八四二年　二四歳
領地スパスコエで、四月、裁縫女イワノワがトゥルゲーネフの娘ポーリーヌを生む。批評家ベリンスキーと知りあい、以後、ベリンスキーが死ぬまで（四八年）友情が続く。

一八四三年　二五歳
匿名で叙事詩『パラーシャ』を発表し、ベリンスキーに絶賛される。内務省に勤めはじめる（四五年に退職）。スペイン出身の歌姫ポーリーヌ・ヴィアルドーがロシア公演に来て大成功をおさめた際に知りあう。ポーリーヌは一生の恋人となる。

一八四七年　二九歳
短編「ホーリとカリーヌィチ」を発表して、作家としての名声を得る。以後、次々に短編を発表して『猟人日記』にまとめ、刊行（五二年）。この頃ドイツ、フランス、ロシアを行き来する。

一八四八年　三〇歳
パリで革命に立ち会う。

一八五〇年　三二歳
中編『余計者の日記』を発表。短編「あいびき」を発表（二葉亭四迷が翻訳して明治の文壇に大きな影響を与えることになる「あひびき」の原作）。十一月、母死去。領地の農奴を解放する。

一八五一年　**三三歳**

短編「三つの出会い」を発表する（二葉亭四迷が「めぐりあひ」と題して訳したもの）。

一八五二年　**三四歳**

「モスクワ報知」にゴーゴリを追悼した『ペテルブルクからの手紙』を発表。それをとがめられ領地スパスコエに一年半蟄居させられる。中編『ムムー』を発表。

一八五五年　**三七歳**

戯曲『村のひと月』を発表。トルストイと知りあう。

一八五六年　**三八歳**

長編『ルージン』、中編『ファウスト』を発表。

一八五八年　**四〇歳**

中編『アーシャ』を発表（日本語訳では「片恋」と題されることが多い）。

一八五九年　**四一歳**

長編『貴族の巣』を発表。

一八六〇年　**四二歳**

「ハムレットとドン・キホーテ」という講演をおこない、その原稿を発表。長編『その前夜』、中編『初恋』を発表する。

一八六一年　**四三歳**

農奴解放令が公布される。『父と子』を脱稿。トルストイと娘の養育をめぐって仲たがいし、あやうく決闘に発展しそうになったが、避けられた。

一八六二年　四四歳
長編『父と子』を刊行。

一八六三年　四五歳
ゴンクール兄弟との交際が始まる。バーデン・バーデンでドストエフスキーと会う。

一八六四年　四六歳
短編「幻」を発表。

一八六七年　四九歳
中編『煙』を発表。ドストエフスキーと喧嘩になる。

一八七二年　五四歳
中編『春の水』を発表。この頃、ゾラ、フローベール、ドーデ、ジョルジュ・サンドらと親しく交流する。

一八七四年　五六歳
フローベール、ゾラ、ドーデ、エドモン・ド・ゴンクールとともに、五人会食会を始める。

一八七七年　五九歳
長編『処女地』を発表。

一八七八年　六〇歳
トルストイと和解する。ロシアに帰ったときにトルストイの領地ヤースナヤ・ポリャーナを訪ねる。『散文詩』のほとんどを書きあげる。

一八七九年　六一歳
オックスフォード大学から名誉博士号を授与される。
一八八二年　六四歳
脊髄癌が悪化する。『散文詩』を発表。
一八八三年　六五歳
中編『クララ・ミリッチ（死後）』を発表。六月、創作活動に戻るよう呼びかけた手紙をトルストイに送る。八月「終焉」を口述。八月二十二日（新暦九月三日）、パリ郊外ヴィアルドー夫人の別荘で永眠。

kobunsha classics
光文社古典新訳文庫

初恋《はつこい》

著者　トゥルゲーネフ
訳者　沼野《ぬまの》恭子《きょうこ》

2006年 9 月20日　初版第 1 刷発行
2008年 8 月20日　　　　第 3 刷発行

発行者　駒井 稔
印刷　堀内印刷
製本　フォーネット社

発行所　株式会社光文社
〒112-8011東京都文京区音羽1-16-6
電話　03（5395）8162（編集部）
03（5395）8114（販売部）
03（5395）8125（業務部）
www.kobunsha.com

ISBN978-4-334-75102-9 Printed in Japan

いま、息をしている言葉で、もういちど古典を

長い年月をかけて世界中で読み継がれてきたのが古典です。奥の深い味わいある作品ばかりがそろっており、この「古典の森」に分け入ることは人生のもっとも大きな喜びであることに異論のある人はいないはずです。しかしながら、こんなに豊饒で魅力に満ちた古典を、なぜわたしたちはこれほどまで疎んじてきたのでしょうか。

ひとつには古臭い教養主義からの逃走だったのかもしれません。真面目に文学や思想を論じることは、ある種の権威化であるという思いから、その呪縛から逃れるために、教養そのものを否定しすぎてしまったのではないでしょうか。

いま、時代は大きな転換期を迎えています。まれに見るスピードで歴史が動いていくのを多くの人々が実感していると思います。

こんな時わたしたちを支え、導いてくれるものが古典なのです。「いま、息をしている言葉で」——光文社の古典新訳文庫は、さまよえる現代人の心の奥底まで届くような言葉で、古典を現代に蘇らせることを意図して創刊されました。気取らず、自由に、心の赴くままに、気軽に手に取って楽しめる古典作品を、新訳という光のもとに読者に届けていくこと。それがこの文庫の使命だとわたしたちは考えています。

地下室の手記

ドストエフスキー／安岡治子・訳

訳者あとがきより――人生に孤独や痛みは避けられないと知り抜いたうえで、そこを突き抜けた何かに希望を託そうとする必死の叫びを聞き取っていただければ幸いである。

作品について――世間から軽蔑され虫けらのように扱われた男は、自分を笑った世界を笑い返すため、自意識という「地下室」に潜る。世の中を怒り、憎み、攻撃し、そして後悔の念からもがき苦しむ、中年の元小官吏のモノローグ。終わりのない絶望と戦う人間の姿が、ここにある。後のドストエフスキー5大長編へとつながる重要作品であり、著者の思想が色濃く反映された主人公の苦悩を、リアルに描いた決定訳！

定価：本体価格552円＋税

イワン・イリイチの死／クロイツェル・ソナタ

トルストイ／望月哲男・訳

訳者あとがきより――訳者はトルストイの文章に、ある種の耳のよさや呼吸感覚から来る「調音」の要素を感じ、大きな興味を覚えてきました。彼の文章は、ちょうど人が無理なく呼吸しながら、メリハリをつけて読めるような、意味の区切りやアクセント付けがされているように思います。

作品について――一九世紀ロシアの一裁判官が、「死」と向かい合う過程で味わう心理的葛藤を鋭く描いた「イワン・イリイチの死」。社会的な地位のある地主貴族の主人公が、嫉妬がもとで妻を刺し殺す――。作者の性と愛をめぐる長い葛藤が反映された「クロイツェル・ソナタ」。トルストイ後期を代表する中編二作。

定価：本体価格629円＋税

鼻／外套／査察官

ゴーゴリ／浦雅春・訳

訳者解説より――今回のこの三作は「落語調」に訳してある。べつだん奇をてらったつもりはない。『外套』ばかりではなく、ゴーゴリの小説では「語り」の要素がきわめて大きい。これはゴーゴリが無類の朗読の名手であったことと無縁ではない。彼は身振り手振りをまじえ、声色も変えながら巧みに語ったと言われる。

作品について――貧しい官吏が思い切って新調した外套を奪われ幽霊となって徘徊する『外套』。自分の鼻が一人歩きをしてさまざまな物議をかもす『鼻』。戯曲『査察官』では、ある地方都市にお忍びの査察官がくるという噂が広まり、市長をはじめ小役人たちがあわてふためく。　**定価：本体価格６４８円＋税**

光文社古典新訳文庫

リア王

シェイクスピア／安西徹雄・訳

訳者あとがきより――一つの芝居を創りあげてゆく時、私たちの集団ではほぼ一ヵ月半稽古を続ける。上演が十日あまり。私の訳したリア王は、合計して何十回、時には百回を超えて役者の口にかかることになる。私の書いた言葉は、それだけの長い期間、苛酷な使用に耐える力を備えていなくてはならない。

作品について――絶大な力を誇ったリア王が三人の娘に国を譲ろうとして始まった、血塗られた愛憎劇。王は、誰が王国継承にふさわしいか、娘たちの愛情を試すが結果はすべて、希望を打ち砕くものだった。最愛の三女コーディリアにまで裏切られたと思い込んだ王は、疑心暗鬼の果てに心を深く病み、荒野をさまよう。　**定価：本体価格５３３円＋税**

ちいさな王子

サン＝テグジュペリ／野崎歓・訳

訳者あとがきより――ぼく自身は、「小さい」という形容詞がタイトルから消えているのはまずい、とも考えてきた。なぜなら、「望遠鏡でも見えないくらいの」小さな星からやってきた、小さな王子の、小さな物語、それが本書だからだ。「大きな人」つまり大人の考え方や発想の彼方で、子どもの心と再会することが本書のテーマである。

作品について――危険な任務をこなす、経験豊かな飛行士にしか描きえなかった世界。砂漠に不時着したぼくに、とつぜん話しかけてきた王子は、ヒツジの絵を描いてくれとせがむ。わかりあい、かけがえのない友人になったとき、王子は自分の星に帰ることを告げるが……。

定価：本体価格552円＋税

飛ぶ教室

ケストナー／丘沢静也・訳

訳者あとがきより――『飛ぶ教室』は、これまで児童文学として翻訳されてきた。（……）児童文学は子どもを大人から区別するようになってから生まれた。だが、私たちは「子ども」や「わかりやすさ」を必要以上に配慮することによって、逆に、子どもを小さな枠のなかに囲いこみ、子どもと大人の垣根を必要以上に高くしてしまったのではないか。

作品について――ギムナジウムの寄宿舎で起こるたくさんの悲喜劇。正義感の強いマルティン、読書家ゼバスティアン、弱虫ウーリら五人の生徒たちと、正義先生、謎のピアニスト・禁煙さんとの交流が胸に迫る。マルティンはなぜ、クリスマス休暇に残ることになったのか……。

定価：本体価格476円＋税

神を見た犬

ブッツァーティ／関口英子・訳

解説より——ふりはらおうとすればするほどつきまとう悪夢の影を恐れながらも、破滅へと強烈に惹きつけられていく登場人物の焦燥感を描くことにより、ブッツァーティは、われわれをとりまく不条理な状況や、運命ともいえる神秘的な力、そして残酷なまでの時の流れを前に、人間がいかに無力な存在であるかを語りかけている。

作品について——表題作ほか「コロンブレ」「七階」「グランドホテルの廊下」「呪われた上着」などの傑作をはじめ、「戦艦《死》」や「護送大隊襲撃」といった待望の作品の新訳を集大成した、代表作選集。これ一冊で、あなたの見る夢が今日から変わる！

定価：本体価格686円＋税

海に住む少女

シュペルヴィエル／永田千奈・訳

解説より——シュペルヴィエルの作品には、子供、とりわけ少女がしばしば登場する。「海に住む少女」そのほかに共通していえるのは、彼女たちが、実に真剣に自分の置かれた不条理な状況を悲しみ、何とかしようと必死であること。彼女たちはただ可愛らしい存在として描かれるわけではない。

作品について——「フランス版・宮沢賢治」ともいえる幻想的な詩人・小説家の短編ベスト・コレクション。表題作のほか「飼葉桶を囲む牛とロバ」「セーヌ河の名なし娘」「バイオリンの声の少女」「ノアの箱舟」などを収録。不条理な世界で必死に生きるものたちが生み出した、ユニークでファンタジーあふれる佳品の数々。**定価：本体価格476円＋税**

プークが丘の妖精パック

キプリング／金原瑞人・三辺律子・訳

訳者あとがきより——本国イギリスでは『ジャングル・ブック』と同じくらい、いや人によってはそれ以上に評価が高く、時代を超えて読み継がれているのが『プークが丘の妖精パック』。歴史的背景などなにひとつ知らなくても、エピソードのひとつひとつが楽しく読めるはずだ。

作品について——ダンとユーナの兄妹は、丘の上で遊んでいるうちに偶然、妖精のパックを呼び出してしまう。パックは魔法で子どもたちの前に歴史上の人物を呼び出し、真の物語を語らせる。伝説の剣、騎士たちの冒険、ローマの百人隊長……。兄妹は知らず知らず古き歴史の深遠に触れるのだった。

定価：本体価格667円＋税

猫とともに去りぬ

ロダーリ／関口英子・訳

解説より——知的ファンタジーと言葉遊び、現実社会へのアイロニーが見事に織りなされた一連の短編からは、ロダーリの人間観や社会観がストレートに伝わる。彼のユーモアの真骨頂ともいえよう。そこから生まれる〝笑い〟は、じつに高尚であり、物事の本質と向き合うことを読む者に余儀なくさせる。

作品について——人間がいやになり、ローマの遺跡で猫になってしまうおじいさん。魚になってヴェネツィアを水没の危機から救う一家。ピアノを武器にするカウボーイ。ピサの斜塔を略奪しようとした宇宙人。捨てられた容器が家々を占拠するお話……。あふれるアイデアで綴るイタリア的奇想、十六の短編。

定価：本体価格533円＋税